ボクは光の国の転生皇子さま！3

撫羽

イラスト
nyanya

登場人物紹介

ルー

光の精霊。主人公リリに加護を授けている。精霊の中でも人型になれる希少な高位の精霊。

リリアス・ド・アーサヘイム

アーサヘイム帝国第5皇子。5歳。第2側妃の子。通称リリ。湖に落ちた時に、55歳の小児科医だった事を思い出す。

ニル・ナンナドル

リリアス付きの侍女。20歳。父は皇帝付きの側近。リリを初めて抱っこした時にその可愛さに心を奪われリリ付きを志望する。

オクソール・ベルゲン

リリアスの専属護衛騎士。24歳。希少な獅子の獣人。『ナイト・イン・オヴィディエンス』という上級騎士の位を叙任されている。

リュカ・アネイラ

21歳。希少な狼の獣人の中でも最も希少な純血種。リリに命を助けられ、志願してリリ付きの護衛兼従者見習いとなる。

フィオン・ド・アーサヘイム

第1皇女。19歳。皇后の子。リリアス大好きお姉ちゃん。実は初恋の人がいるらしい。

クーファル・ド・アーサヘイム

第2皇子。21歳。皇后の子。文武両道、兄弟の中ではフォロー担当。実は兄弟の中で1番モテる。

リーム・フリンドル

リリアス専属シェフ。31歳。自称、戦うシェフ。実は元騎士団副団長。いつもエプロンの上に剣帯をつけている。

フレイ・ド・アーサヘイム

第1皇子。23歳。皇后の子。次期皇帝。リリの事が大好きな、ちょっとやんちゃなお兄さん。

オージン・ド・アーサヘイム

アーサヘイム帝国皇帝。45歳。光属性を持つ。リリだけでなく、子供達全員を愛する温厚な父親。

アラウィン・サウエル

辺境伯領領主。45歳。皇帝とは学友。帝国の南端で、唯一強い魔物が出現する地域を守護している。

ケイア・カーオン

辺境伯領薬師。35歳。父親が前辺境伯の弟。幼い頃から現辺境伯と一緒に育つ。現在は研究に夢中で引きこもりがち。

アルコース・サウエル

辺境伯次男。20歳。学園時代に第1皇女フィオンの1学年上で、一緒に生徒会の仕事をしていた事もある。

レピオス・コローニ

皇子担当の皇宮医師。52歳。スキャンという状態を把握する魔法が使える。リリアスから心の友と思われ慕われている。

アスラール・サウエル

辺境伯嫡男。23歳。第1皇子フレイと学友。学園時代から、フレイとは盟友らしい。剣に魔法を付与する事が得意。

アーサヘイム皇家家系図

- オージン・ド・アーサヘイム　皇帝
  - フリーリ　皇后
    - フレイ　第1皇子
    - クーファル　第2皇子
    - フィオン　第1皇女
  - ナンナ　第1側妃
    - テュール　第3皇子
    - フォルセ　第4皇子
  - エイル　第2側妃
    - 
      リリアス　第5皇子　主人公

CONTENTS

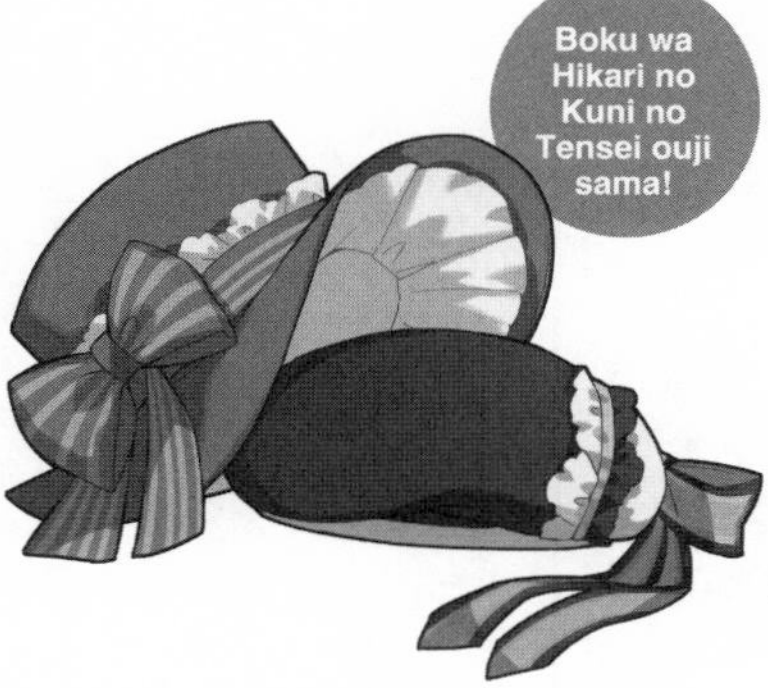

Boku wa Hikari no Kuni no Tensei ouji sama!

第6章　辺境伯家の問題

5歳になった俺は、父の学友でもある辺境伯アラウィン・サウエルの依頼で辺境伯領に来ている。辺境伯領で、森に入った兵達だけでなく他の領民にまで広がるかぶれの被害を調査しに来ていたんだ。森に入りかぶれの原因を突き止め、その時に出会ったのがユキヒョウのユキだ。神獣なのに、胸に呪いの弾丸を受けていた。それを解呪して取り出したら、俺に加護を授けてくれたんだ。それからユキはいつも俺のそばにいる。

辺境伯領は帝都と違ってとても過ごし易い。気候も良いし、何と言っても食べ物が美味しい。俺は辺境伯領を案内してもらったり、ユキに乗って遊んだり、とても楽しく過ごしていた。

だが、かぶれとは違った問題が表面に出てきたんだ。

辺境伯サウエル家に、もっと深く根を下ろしたような問題……それが、辺境伯のいとこに当たる薬師のケイア。

ケイアは幼い頃に両親を亡くし、父親の兄である前辺境伯に引き取られサウエル家で育った。いつからかは分からないが、ケイアの心は荒んでいた。気に入らない薬師を退職に追い込んだり、辺境伯夫人のアリンナ様への長年の嫌がらせが発覚したんだ。自分がアラウィンと婚姻するはずだったなんて事から、挙句にはクーファルは自分を迎えに来てくれた皇子さまだとか言い出したらしいんだ。何をどう考えたらそうなるのか、俺には理解できなかったよ。

俺はケイアの意識を変えようと、森の調査に同行してもらったんだ。それが、いけなかったのかも知れない。

ある日、血迷ったケイアが辺境伯夫人のアリンナ様にナイフを突きつけた。夫人の部屋で、ナイフを振り回しそこにフィオンが割って入りケイアの頬をぶった時のことだ。怒り狂ったケイアがフィオンに切りつけた後、床には血飛沫が点々と付いていた。一体何がどうなったのか？

フィオンを庇う様に立ちはだかり、ケイアのナイフを握っているのはアルコースだった。その手からは真っ赤な血が滴っていた。

咄嗟にフィオンを庇って、ケイアのナイフを手で止めたんだ。

ケイアは現状に驚いて目を見張って動けずにいる。まだ手にナイフを持ったままだ。

アルコースがフィオンの前に、庇う様に立ちケイアを鋭い目つきでじっと見る。

「フィオン様には指一本触れさせない！」

アルコースがそう言うと、ケイアを後ろ手に押さえ込みナイフを奪い取った。

「何すんのよ！　放して！　放しなさいよ!!」

ケイアが髪を振り乱して、抵抗しながら叫んでいる。兵がケイアの両脇を抱え連行していった。

「フィオン様、無茶はしないで下さい」

「アルコース殿、手から血が！」

フィオンが、アルコースの手を震える両手で握り締める。

まるで、アルコースの手から流れる血を止めようとしているかのように。

「たいした怪我ではありませんよ」

「フィオン様！　お怪我はありませんか!?」

「夫人もアルコース殿も、手当してもらいましょう！」

「フィオン様……有難う……有難う御座います」

フィオンに礼を言う夫人の目から涙がこぼれ落ちた。

黙って見守っていたクーファルが大きな声で呼ぶ。

「レピオス、いるか!?」

「はい！　クーファル殿下」

「夫人を頼む」

「はい！」

レピオスが中に入っていく。夫人は怪我をしていたのか？　その時、夫人が崩れる様に倒れた。

「母上！」

アルコースが叫ぶ。近寄っていたレピオスが、咄嗟に夫人を抱きとめた。

「リリアス殿下！」

レピオスが俺を呼ぶ。ビックリした。目の前の光景に驚いて反応できなかった。動けなかったんだ。ああ、アルコースの怪我を治さないと。

「夫人にハイヒールを！」

夫人に!?　ハイヒールだと!?　俺は慌てて部屋に入り夫人に近寄って確認する。

見ると夫人の脇腹から、血が流れていた。ドレスに隠れた床には小さな血溜まりができていた。

「そんな!!　酷い！」

『ハイヒール』

ブワンと光が夫人を包み込み、傷を癒やしていく。

「殿下、有難うございます」

「レピオス、大丈夫なの？」

「はい。かなり血を流されてますから、後は時間をかけて薬湯で治す方が良いでしょう。アルコース様、ご夫人をベッドに」

「待って！　アルコース殿も！」

アルコースだって、フィオンを庇って手から血を流しているんだ。それを治さないと。

『ヒール』

「殿下、有難うございます」

アルコースは、なんともない様子で夫人を抱き上げ連れて行く。夫人の侍女らしき女性が駆け寄っていった。俺はそれを、ただじっと見ていた。俺は何も分かっていなかったんだ。

「リリ、有難う」

「いえ、姉さまは気付いていたのですか？」

「リリ、夫人の怪我かしら？」

「はい。ボクは全然分かりませんでした」

「ドレスで隠していらしたのよ。こうなっても、まだ助けたかったのでしょうね」

「そうだね。でも、ここ迄くると、もう駄目だね」

「兄さま」

「もう、守る意味がない。守っても増長して、どんどん悪くなるだけだ」

「兄さま……」

「あとは、兄さまの仕事だよ。二人共、部屋に戻りなさい」

「兄さま」

「リリ、戻りなさい」

「さぁ、リリ。行きましょう」

「姉さま……」

俺は、オクソールとリュカに連れられて部屋に戻ってきた。

フィオンが俺の肩を抱いてくれている。

「フィオン様、お怪我はありませんか？」

「ニル、有難う。大丈夫よ。温かい紅茶を頂けるかしら？」

「はい、畏まりました」

ニルがフィオンに紅茶を、俺にはりんごジュースを出してくれた。いつの間にか小さくなっていたユキは、ニルの姉に撫でられながら、りんごジュースをもらっている。

「姉さま、無理矢理部屋に入ったのは……」

「夫人の命が危ないと思ったのよ。少し強引だったけど、他に思いつかなかったの。ごめんなさいね。アルコース殿も傷付けてしまったわ」

「どうして、姉さまが謝るのですか？　姉さまはアリンナ様を助けました」

「でも、リリはケイアも助けたかったのでしょう？」

「姉さま……ボクは分かりません」

「リリ？」

　俺はケイアの事情をよく知らないんだ。どうして、あんなに辺境伯や夫人が、ケイアを庇うのか理解できなかった。だから、俺はケイアの問題を、後回しにして避けていたのかも知れないんだ。

「リリ、何もかも全て円満にはいかない事も沢山あるわ」

「でも……姉さま。ケイアはケイアで苦しいのかと思ったのです」

「そうかも知れないわね。でも、ケイア以上に夫人は苦しかったのではないかしら？」

「はい……」

「私達が駆けつけた時には、もうケイアは夫人を傷付けた後だったわ。それはどんな理由があっても、してはいけない事よ。リリもよく分かっているでしょう？」

「はい……」

「リリ、仕方ないのよ。もう問題が拗れすぎていたわ」

「姉さま、ボクが調査にケイアを連れて行かなければ……」

「リリ、それは違うわ。もう遅すぎたのよ。それにね、後は辺境伯一家の問題だわ。リリの所為《せい》じゃないのよ。分かるわね？」

「はい……姉さま」

　分かるさ。分かってはいるが……ケイアだって魔物に両親を殺された被害者だ。そう考えると、なんとかならないかと思ってしまうんだ。甘いけどさ。

その後俺は、クーファルとフィオンと一緒に昼食を食べたが、全然味が分からなかった。

そして、俺がお昼寝から起きたらアラウィンとアスラール、そして側近のハイクが戻ってきていた。邸の中が騒然としていた。

「殿下、行かれない方がよろしいかと」

アラウィンに会いに行こうとする俺を、ニルは止めた。

「ニル、どうして?」

「クーファル殿下と辺境伯様のお仕事です」

「ニル」

「フィオン様が仰っていた様に、仕方のない事です」

「ニル……」

俺は仕方なくソファーに座った。

――コンコン
「失礼致します。殿下、起きておられますか?」

辺境伯側近のハイク・ガーンディだった。

「どうしたの?」

「殿下、ご迷惑をお掛けして申し訳ございません」

ハイクが深く頭を下げた。

「ハイク、謝らないで。ボクもアリンナ様が傷付いているのに気付けなかった」

「殿下、何を仰います」

「ボク、何も出来なかったよ」

「いいえ。そんな事はありません。奥様を助けて下さいました。奥様がお目覚めになられました。殿下にお目に掛かりたいと申しております。宜しければ、お部屋までお願いできますでしょうか？」

「うん。分かった」

ユキをニルに頼み、俺はリュカと一緒にハイクの後を歩く。

俺は本当に何も出来なかったんだ。夫人を助ける事も出来なかった。

「殿下、しっかりして下さい」

考えながら、トボトボと歩いていたらリュカに突っ込まれてしまった。

リュカが俺の背中に手をあて、トントンしてくれる。ヤバイぜ。マジ幼児だぜ。

「殿下は何も悪くないのですよ。殿下は神ではありません。立ち入れない事があって当然なのです」

「リュカ、そんなつもりはないよ」

「では、しっかり背を伸ばして。いつもの殿下でいらして下さい。でないと夫人が心配されますよ」

「そっか。そうだね。リュカ、ありがとう」

「はい、殿下」

そうだ、しっかりしろ。前世の俺の、息子位の歳のリュカに励まされてどうすんだ。

リュカの言う通りだ。夫人に心配を掛けては駄目だ。

「リリアス殿下をお連れしました」

「入って頂きなさい」

アラウィンの声だ。中にはアラウィンだけでなく、アスラール、アルコースも夫人のベッドの側にいた。俺はリュカを連れて部屋に入る。

「殿下、大変ご迷惑をお掛けして申し訳ございません」

アラウィンがそう言って頭を下げる。アスラールもアルコースも、一緒に頭を下げていた。

「アラ殿、やめて下さい。ボクは何も迷惑なんて……」

「いいえ、お心を掛けて頂き感謝致しております」

「アラ殿。本当にボクは何も。アリンナ様のお身体はどうですか？」

「有難うございます。殿下がハイヒールを掛けて下さったお陰で、大事には至りませんでした」

「良かったです」

「殿下、お話しして頂いても宜しいでしょうか？」

「うん、もちろんです」

アラウィンに促され、夫人が横になっているベッドの側に行く。まだ顔色が悪い。思った以上に血を流していたのだろう。話しても大丈夫なのか？

そう思っていると、ベッドの中の夫人が弱々しく手を差し出してきた。

「アリンナ様、大丈夫ですか？　まだ顔色が悪いです」

そう声を掛けながら、俺は夫人の手を握った。

「殿下、申し訳ありません。大人の嫌なところを、お見せしてしまいました」

夫人の手が冷たい。到着した時に手を繋ぎ、邸に案内してもらった時はあんなに温かかったのに。

「そんな事ありません。アリンナ様はご立派です」

「まあ……殿下有難うございます。殿下、どうかご自分を責めたりなさらないで下さいませ」

「アリンナ様……」

「殿下は何も悪くありません。悪いのは、不甲斐ない私達なのですから」

「そんな事ありません」

「……どうか、殿下。まだ子供でいらして下さい。慌てて大人になる必要はありません。笑って元気な子供でいらして下さいね」

「はい……」

「私も頑張って早く元気になります。そしたらまた笑顔を見せて下さい。一緒に街へお出かけしましょう」

「はい」

「後はクーファル殿下と主人が片付けてくれます。殿下はもうお気になさいませんよう」

「分かりました。早く元気になって下さい」

俺は笑顔を貼り付けた。

「はい、殿下。有難うございます」

俺は夫人の部屋を出た。

「殿下、有難うございました」

「アラ殿、ケイアはどうしてますか？」

「それが……人を傷付けてしまったので、牢屋に入っているのですが……」

それは仕方がない。だけど、ケイアにとっては辛いことだろう。

「狂った様に喚き散らしております」

「えっ……!?」

「暫くハイクが宥めていたのですが、何も耳に入らない様で」

「今も変わりないのですか?」

「はい。殺してやると……」

「そうですか」

「殿下?」

「アラ殿は、アリンナ様に付いて差し上げて下さい。一番の被害者はアリンナ様なのですから」

「はい、殿下」

アラウィンが、頭を下げて戻って行った。俺は部屋を出て少し早足に廊下を歩く。

「殿下?」

「リュカ、兄さまは?」

「お部屋ではないでしょうか?」

「そう、行ってみる」

「殿下、どうするおつもりですか!?」

「分かんない」

「じゃあ、部屋に戻りましょう」

「いや、兄さまに会いに行く」

「殿下！」

なんだよ、リュカ。腹が立つんだよ！　分かんないんだ！

俺は自分の気持ちが分からないままクーファルの部屋に向かった。

「兄さま、いらっしゃいますか？」

「ああ、リリ。入りなさい」

「兄さま！　ケイアの事を聞きました」

「そうか。それで？　リリは何もする必要はないよ」

「兄さま！」

「リリ、落ち着きなさい」

「でも、兄さま！」

「リリは何に腹を立てているんだい？」

「ボクは……ケイアに……」

「どうして？」

「だって兄さま！　間違ってます！　アリンナ様は何も悪くないです！」

「そうだね」

「なのに……！　ケイアが使ったナイフは、仕事の道具でした。大事な道具をあんな事に使うなんて！　みんなに守られているのに、夫人にあんな事を！」

「リリ、だから？」

「兄さま！　だから……だからボクは……!!」

「リリ……」

クーファルに抱き締められ、背中をトントンされた。ああ、俺はまた涙を流していたのか……

「ヒック……うっ、グシュ……」

「リリ、リリが泣く必要はない。リリが悲しむ事もない。いいかい？　これは辺境伯の問題なんだ。そして、どんな理由があろうとケイアは罪を犯した。人を傷付けたんだ。分かるね？」

「……ヒグッ……はい、兄さま」

「リリは気持ちを掛けすぎる。それで自分の心を痛めてはいけない」

「兄さま……グシュ……」

「最初から話そうか。リリ、座りなさい」

「はい、兄さま」

クーファルはソファーに俺を座らせ、隣に座った。クーファルが手を握っていてくれる。

「父上がね、以前から辺境伯に話だけは聞いていたらしい。それに、フレイ兄上とアスラール殿は学友だ。話を聞いて、心配していらした」

「兄さま、そうなのですか？」

「ああ。父上がケイアの事を知った切っ掛けは父上と辺境伯の卒業式らしい」

「そんなに前なのですか!?」

そんなに前からなのに、何も手を打たなかったのか？　その間、ずっとアリンナ様は我慢していたのか？

クーファルは父がケイアの事を知った切っ掛けを話してくれた。

父やアラウィンが通っていた学園には卒業パーティーというものがある。勿論、同じ学園に兄達も通っていた。フィオンもだ。フィオンは卒業パーティーの時に、どのドレスが良いか迷って大騒ぎをしていた。兄弟全員にどれが良いか聞いて回っていたんだ。それで俺も覚えている。

そのパーティーでは、パートナーをエスコートするのだそうだ。

貴族は大抵婚約者がいる。皆、婚約者を連れて卒業パーティーに出席するんだ。

父や辺境伯も勿論、婚約者をエスコートする予定だった。その時に領地から持って来られた、夫人が着るはずだったドレスが切り裂かれていたそうだ。

それで急遽、皇后様がドレスをお貸しして、パーティーに出られたという事があったらしい。

「ドレスをですか？　まさか、それを？」

「ああ、ケイアがやった事だ」

「どうしてケイアだと分かったのですか？」

「ドレスを入れてあった衣装箱に、メモが入っていたんだ。アラウィンと婚姻するのは自分だ。パーティーで婚約破棄されるがいい。とね」

「そんな……思い込みを……」

「私もそう思うよ。先にリリに話しておけば良かったね。すまない」

マジかよ。俺だけ知らなかったのか。

クーファルが俺に謝る。そんな……違うよ。まあ、話しておいて欲しかったけど。

「いえ、兄さまが謝る事ではないです」

「リリ、有難う」

クーファルが、優しい目で俺を見ながら頭を撫でる。

それから辺境伯は領地に戻って、なかなか会う事が出来なかったから父は心配していたらしい。

父は、自分は動く事は出来ないが今回は良い機会だとでも思ったんだろう。まさか、こんな事になるとは、想像もしなかっただろうけど。夫人を殺そうとするなんてな。俺も思わなかったよ。

「こっちの状況を、ルー様が逐一報告されていたんだ」

「だから、よく行き来していたのですね」

「ああ。まあ、リリが発見した美味しい食べ物も目当てだったろうけど、それはついでだ。ルー様の好意とでも言うか。一番は、こっちの状況を知らせる事だったんだよ。まさか、精霊様を食べ物の配達だけに使う訳がないだろう」

はぁ……父も気にしていたんだな。

「リリ、もうとっくに駄目だったんだ」

「兄さま……？」

「ルー様が以前に指摘されただろう？　もっと早い時期に、辺境伯がしっかり突き放さないと駄目だったんだ。可哀想だから、気の毒だから。そう同情して、甘やかして付け上がらせてしまった」

それにつけ込んでいる感じがするな。いや、縋っていたのか。

「兄さま、ケイアがアラ殿のお父上の代わりに、自分の父親が死んだと言ってました」

「ああ、それも事実ではない。最初から、ケイアの父親が指揮をとっていたんだ。いよいよ最前線に出るって時に辺境伯の父上が、危険だから代わると言ったんだ。しかしケイアの父親は、自分の役目だからと討伐に出た。だから、代わりに亡くなったと言う訳じゃない」

自分に都合の良い様に、すり替えていたのか。いや、まだ子供だったのだろう。そう思い込む事で自分の心のバランスを取っていたのかも知れない。

「辺境伯が気を使い過ぎなんだ。同情なんだろうが、勘違いさせるのはいけない。気持ちをかけ過ぎては駄目だ」

「兄さま、アラ殿が負い目があると言ってました」

「兄さまに言わせると、負い目を感じる必要もないね。魔物が相手なんだ。この領地には同じ境遇の者だっているんだ」

まあ、クールなクーファルならそうだろうよ。

「でも兄さま……やっぱり」

「リリ、何かな？」

「帰るまでにケイアに会っておきたいです」

「リリ」

「だって、調査に同行させると言い出したのは、ボクですから」

「リリ、それは切っ掛けにすぎないよ？」

それでも嫌なんだ。

「兄さま、今すぐでなくても良いです。帰るまでに会えればいいんです。おねがいします」

「リリ、分かった。但し、ケイアが今の状態のままだと、会う事は許せないからね」

「兄さま、そんなに酷いのですか？」

「ああ。酷いなんてもんじゃない。もう狂人だ」

ああ、そんなになんだ。心が悲鳴をあげているんだ。

「そんなになるまで、思っていたと言う事でしょうか？」

「思いと言うより、執着かな？」

「執着ですか？」

「ああ、プライドもあるんだろうね。ケイアは兄弟がいなくて、甘やかされて育ったらしいから。両親の死を、受け入れられなかったという事もあるだろうが。私が……私の方が……てね。リリ、分かるだろう？　嫉妬に繋がるプライドは良くない」

２年前、俺が狙われた時も、実の姉の嫉妬があった。

「殿下、そろそろ」

「ああ、ソール。もうそんな時間か。リリ、夕食だ。食堂に行こう」

「はい、兄さま」

クーファル、有難う。クーファルに話したお陰で、少し気持ちが落ち着いたよ。

と、感謝を込めて、クーファルに抱きついた。

「おや、リリ。どうした？」

「兄さま、ありがとうございます。兄さま、大好きです」

「そうか！　リリは兄さまが大好きか!?」

「エヘヘ、はい、兄さま」

「リリはいい子だ」

クーファルに抱き上げられた。きっと食堂までこのままだ。リュカよ、生暖かい目で見るのは止めてくれ！　やはり予想通り、クーファルに抱っこされたまま食堂へ入る。

「まあ、お兄様。ズルいですわ。私だってリリを抱っこしたいのに」

そう、フィオンの言葉だ。

頼むから止めてくれ。しかし、このフィオンの一言で場が和んだ。フィオン、有難う。

「フィオン様は、本当にリリアス殿下がお好きなんですね。少し、妬けてしまいます」

「アルコース殿、ご冗談はやめてください」

おやおや、フィオンが真っ赤になった。さっきは身体を張って、フィオンを助けたアルコースだ。

「さあ、殿下！　夕食をどうぞ。今日は先日の左ロンブスをムニエルにしましたッ！」

「シェフ、ありがとう。おいしそうだ」

「ムニエルですか？」

この世界では、ヒラメの事を左ロンブスと言うんだ。ヒラメをムニエルとは、贅沢だなー。

「おや？　辺境伯様。これもご存知ありませんか？」

「ええ、初めて聞きました」

「道理で……」

「シェフ、どうしたの？」

シェフが変な顔してるぞ？

「私がムニエルを作っておりましたら、料理人達が集まって来たので。何事かと思っておりました」

「そうなの？　いただきます」

「シェフは何でもよく知っているのだな。これも、バターの良い風味でとても美味い」

「辺境伯、私ではありません。リリアス殿下です」

「リリ？」

「兄さま、ボクは知りません……」

うん、知らないからね。黙々と食べよう。美味いな。こっちのバターは本当に風味が良い。材料が違うんだろうなぁ。きっとミルクも新鮮なんだ。

「殿下は覚えておられないだけですねッ！」

「そうか。リリ、やっぱりリリみたいだよ？」

俺は知らないと、無言で首を横に振る。だってお口の中に沢山入っているんだ。

「兄上、いつもの事ですわ。だってムニエルも城では定番ですもの」

「フィオン、そうだな」

「ほんの数日、滞在されただけで、リリアス殿下は我が領地に沢山の恵みをもたらして下さいました」

「アラ殿、やめて下さい。大袈裟です」

「いえいえ、決して大袈裟ではありませんよ。今まで魚は、ソテーか干した物位しかありませんでしたから」

「あ！　アラ殿。ボク干した物を見てみたいです！」

「ああ、そうでしたな。では見に行きますか？」

「本当ですか？　嬉しいです」

干物だよ。気持ちを切り替えて、干物ゲットしに行こう！

翌日、ケイアが今まで辺境伯一家に、特にアラウィンに隠れてしていた事実が詳《つまび》らかになった。

今回の事で、聞き取り調査をしたらしい。皆、我慢していたのだろう。次から次へと、ケイアの問題行動が挙がってきた。邸内の使用人や、薬師達、さらには領主隊からも報告が挙がったらしい。

やはり、薬師達が一番多かった。自分の道具を壊された。薬草を独り占めする。研究室を私物化している。研究なんてしていない、いつも訳の分からない本を読んで寝ている等から、仕事なんかしていない。全部自分達がやっていたと。全否定だ。

使用人からは、夫人への嫌がらせだ。本当は自分が婚姻する筈だった。アラウィンが愛しているのは、自分だ。早く出て行け。

そんな嫌がらせから始まって、最近では妄想も入っていたらしい。

クーファルは自分を迎えに来てくれた。アラウィンとクーファルが自分を取り合っている。自分は皇子妃になるんだ。等、呆れてしまう内容だった。

薬師達も使用人達も、辺境伯の血縁者だからと我慢していた様だ。それでも使用人達は、夫人とケイアを会わせない様にして守ろうとしていたそうだ。夫人とアスラール、アルコースは気付いていた。夫人は嫌がらせをされていたのだから、当然だろう。それを頑なにアラウィンに隠した。

俺には理解できない。アラウィンも少しは気付いていただろうに。

もっと早く対処していれば、こんな最悪の状態になるまでになんとか出来たかも知れない。

そして、その日の夕食後。

「クーファル殿下、フィオン様、リリアス殿下。少し応接室の方へ、お願い出来ますでしょうか？」

きたよ。とうとうきたな。当然、ケイアの事だろう。皆で、応接室へ向かう。

「此度は、大変なご迷惑をお掛けして申し訳ございませんでした。また、お心遣いいただき有難うございました」

アラウィン、アスラール、アルコース、そして側近のハイク、領主隊隊長のウル。皆で頭を下げられた。

「心は決まったと、思って良いのか？」

「はい、クーファル殿下」

「そうか。では、話を聞こうか」

クーファル、こんな時は本当に立派な皇子だ。カッコいいぜ。

アラウィンが静かに話し出した。

「私は……ケイアに、どんなに振り回されても、守らなければと思って参りました。可哀想な子だからと。叔父の忘れ形見だからと。それが間違っておりました」

アラウィンは話を続けた。あれから、まだベッドにいる夫人を交えて話し合ったそうだ。

アラウィンの知らなかった事を、全て聞いたらしい。てか、アラウィン。それは駄目だろうと俺は思う。アラウィンの家族だけでなく、この邸で仕えてくれている皆にも、どれ程迷惑をかけていたか。夫人が傷付くまで、気付けなかった。

アラウィンは、家族に背負わせて、一人何もしようとしなかったと後悔の気持ちを語った。

領地経営が、魔物討伐がと、逃げていたのだと言った。そして……ルーが言っていた様に、全てアラウィンの責任だと。

ケイアは罪を犯した。罰を受けて当然だ。しかし、アラウィン自身も罰を受けなければならないと話す。ケイアに対して、もっと毅然とした態度で接しなければならなかったと。

「どうか、私も処分して頂けますよう。クーファル殿下、お願い致します」

そう言って、アラウィンは跪いた。

ケイアを、かわいそうだと思う事自体は悪くない。しかしだ……

「そうか。分かった。ルー様、お願いします」

ポンッ！　と言ういつもの現れ方ではなく、大きな光がブワンと現れた。

そして、その光が消えた後には……

「父さま！」

俺は思わず、駆け寄って抱きついていた。帝都の城にいる筈の父が、ルーを肩に乗せて立っていた。久しぶりの父だ。相変わらずキラッキラしている。

「リリ、元気にしている様で良かった」

俺は父に抱き上げられた。

「父さま、なんで!?」

「ルー様に連れて来てもらったんだよ。リリ、よく頑張ったね。クーファル、フィオン、お前達も

「父上、夫人が傷付けられてしまいました。申し訳ありません」

「父上、私も力が及ばず申し訳ありません」

クーファルとフィオンが父に頭を下げる。

「いや、充分だ。クーファル、よくリリを守ってくれた。フィオン、夫人を助けてくれて有難う。お前達に怪我がなくて良かったよ」

あ……俺、ヤバイ……堪えようとしても涙が勝手に流れてくる。

父の顔を見て、抑え込んでいた感情が溢れ出した。

「ヅッ……ヒグッ……父さま。ボクは……ヒック……何もできませんでした。申し訳ありません……ヒック」

頑張れよ、泣くなよ、5歳の俺！

「リリ、何を言うんだい。良いんだ。充分なんだ。泣かないでくれないか？」

「父さま……うぇ……ヒック」

俺は父の首に両手を回してしがみ付いた。父は、優しく俺の背中を撫でてくれている。

「リリ、言っただろう？　彼女はもう駄目だったんだ。手遅れだったんだよ」

ルーが、父の肩から俺の肩にピョンと移ってきた。

「ルー、全部分かってたんだね？」

「ああ、すまないな。でも、言ってもリリは納得できないだろう？　なんとかしたいと思うだろう？」

「ルー……」

父は俺を座らせて、俺の横に座った。俺が父に身をすり寄せると、肩を抱いてくれる。

5歳の俺、めちゃ甘えん坊だ。

「アラ、助けが遅くなってすまなかった。夫人の怪我はどうだい？」

「陛下……申し訳ありません！　有難うございます！」

アラウィンは膝を突いたまま、ガバッと頭を下げた。

「アラ、よしてくれ。今は公式の場ではない。オージンでいい」

「いえ、私は自分が恥ずかしい」

「ハハハ、そうだな。私も息子達に助けられているから、偉そうな事は言えないが。アラ、無責任だったね。しかし、良く出来た奥方に、立派な息子達だ」

「ルー様の仰った通りだった。私は、私だけ何もしなかった。妻が、息子達が、皆が、必死で我慢してくれているのに気付けなかった。領主失格だ。いや、夫として父として失格だ。陛下、私を罰して下さい。お願い致します」

アラウィンはまた頭を下げる。

「アラ、君は何も罪を犯していない。強いて言うなら、何もしなかった事が罪か」

「陛下……」

「私も、呑気だと息子達に言われるよ。まあ、そう言う事だ。ケイアは帝都で罰する事になる。クーファル、騎士団と一緒に帝都まで護送しておくれ」

「はい、父上」

「陛下……」

「そうだな……じゃあ、私の可愛い子供達を、帰りも城まで護衛してくれるかい？」

「それは！　勿論です！　領地のために来て頂いたのですから！」

領主隊隊長のウルも、頷いている。

「アラ、卒業パーティーの時の事を覚えているかい？」

「はい、忘れられません」

「そうだね。私もだ。あのドレスの切り裂き方は、尋常じゃなかった。遠く離れてしまって、何も出来ずにいたが、これでも心配はしていたんだよ。まさか、こんな事になっているとは。私の自慢の子供達はどうだい？　良く出来た子達だろう？　だが、アラ。水臭いじゃないか。もっと早くに頼って欲しかったよ。無理矢理にでも、あの時に引き離しておけば良かったと後悔したよ」

「勿体ないお言葉です」

「本当に……アスラール、アルコース。長い間、我慢させてしまったね。もう、君達家族を悩ませる者はいない。よく、頑張った」

「陛下！」

「陛下、有難うございます」

「アラ、今回君は確かに罪を犯した訳ではない。しかし、もっと早くに対処していれば、ケイアも此処まで歪む事がなかったかも知れない。何より、君の家族が苦しまなくて良かっただろう。その事を忘れてはいけない。二度と同じ過ちを犯してはいけない。約束してくれないか？」

「陛下、お約束致します。もう二度とこの様な事は！」

「アラ、もう、暫く子供達を頼むよ。観光にでも連れ出してやっておくれ。さて、リリは……ああ、寝てしまったか。小さいのに、よくやってくれた。クーファル、案内してくれないか？　神獣を見ておきたい」

「はい、父上」


俺はベッドの中で目が覚めた。やっちまった。また寝てしまったんだな。父が来ていたのに。

「昨夜は、陛下が抱いて来られましたよ。突然、陛下がいらしたので驚きました。ユキを見に来られました」

「そう……」

「さ、殿下。食堂に参りましょう」

「うん」

部屋を出たらクーファルがいた。きっと心配をして待っていてくれたのだろう。

「兄さま、おはようございます」

「リリ、おはよう。さあ、食堂に行こう」

俺はクーファルに抱き上げられた。

「リリ、元気がないじゃないか」

「兄さま、せっかく父さまがいらしていたのに、寝てしまいました」

「そうだね。リリはまだ小さいから仕方ないよ」

「でも、兄さま。もっと父さまと、一緒にいたかったです」

「リリ、兄さまじゃあ駄目かな？」

「いえ、そんな事はないです。兄さまも好きです」

「そうか。じゃあいつもの様に元気になってくれないか？　今日は朝食が終わったら、一緒にニルズに会いに行こう」

「兄さま、おっちゃんにですか!?」

「ああ。兄さまにも紹介してくれるかな？」

「はい、兄さま！」

「よし、じゃあ元気出して、しっかり朝食を食べよう」

「はい！」

食堂に入ると、シェフが待ち構えていた。

「殿下ッ！　おはようございますッ！」

「シェフおはよう」

いつでも平常運転のシェフには救われるよ。

「殿下、今朝はエッグベネディクトに、さつまいものガレットです。沢山食べて下さいッ！」

「シェフ、ありがとう」

「殿下、おはようございます」

「アラ殿、おはようございます。昨夜は途中で寝ちゃってごめんなさい」

「いえ、とんでもございません。殿下、食事が終わったらニルズに会いに行きましょう」

「はい！　楽しみです」

さあ、シェフの朝食を食べよう。そして、おっちゃんに会いに行こう。

俺が元気がないと、心配かけてしまうだろう。しっかり、食べよう！

「シェフ、これも初めて見る料理です」

「アスラール様、エッグベネディクトと言います。いつものパンよりも水分の多い丸いパンに、トロトロのポーチドエッグとベーコン等をのせて、オランデーズソースをかけたものです。美味しいですよ」

「ほう……」

「アスラール殿、これも城では定番だ」

「お兄様、定番ですわね」

「クーファル殿下、フィオン様、私は初めてです。シェフ、これもやはり殿下が？」

「アスラール様、勿論そうですッ！」

シェフ、勿論て何だよ。

「シェフ、さつまいものガレットもとても美味しいわ」

「フィオン様、有難うございますッ！」

「本当、シェフ美味しい！」

「殿下ぁッ、有難うございますッ！」

「ガレットと言うのですか？」

「はい、アラウィン様。バターで炒めたさつまいもに、チーズを加えて焼いてあります」

「さつまいもの甘みと、溶けたチーズがいいですね」

「アルコース様、有難うございますッ」

「いつもはじゃがいもだけど、さつまいももいいな」

「クーファル殿下、そうでしょう?」

「ええ、私はさつまいもの甘みが好きだわ」

「フィオン様、有難うございますッ！」

うんうん、美味いな。とろーりチーズがいい感じだ。チーズが超美味い。

「シェフ、これも?」

「はい、アスラール様。勿論殿下ですッ！」

また勿論とか言ってるよ。俺は全然知らないよ。記憶にないなぁ。

「フハハ、本当にリリアス殿下は素晴らしい！」

「……?」

「リリ、褒められてるよ?」

「兄さま、ボク何もしてないです」

「リリったら。でも、城では当たり前に食べていたのに、違うのね。珍しい物だったのね」

「フィオン、そうだね。定番すぎて、分からなかったね」

「兄さま、何ですか?」

「いや、リリはいいよ。沢山食べなさい」

「はい、兄さま」

エッグベネディクトのトロットトロの卵が美味しい。俺はやっぱトロトロの卵が好きだね。ソースともよく合っている。

「殿下とシェフのお陰で、食卓がとても豊かになりました」

「父上、本当に。以前とは全然違います」

「それに兄上。こうして、平和な朝食は良いですね」

「アスラール、アルコース。これからだ。今迄以上に、領地を守り、住み良くしないと。陛下への恩返しだ」

「はい、父上」

「夫人のお加減はどうですか？」

「フィオン様、有難うございます。大分顔色も良くなってまいりました。レピオス殿が、血を増やすためにもゆっくり養生する様にと言ってくれています」

「そうですか、無理なさらない様に」

「はい、有難うございます」

「……ゴクン。ごちそうさま！　シェフおいしかった！」

「はい、殿下。今日は私もご一緒しますよぉッ！」

「シェフ、そうなの？」

「はいッ！　また新しい食材に出会えるかも知れませんので！」

シェフ、張り切ってるなぁ。いつものワゴンを押して戻っていった。

第7章　転移門

俺はクーファルと、ソール、アラウィン、アスラールと一緒に港まで来ている。

そこで、ニルズを見つけて、手を振りながら駆け出した。後ろからオクソールとリュカとシェフがついてくる。ニルとユキはお留守番だ。

「おっちゃーーん!!」

「おー、リリ殿下！　来たか！」

「おっちゃん！　来たよ！」

「おう！　元気だな！」

「うん！」

「シェフも来てくれたのか!?」

「はいッ！　またお世話になりますッ！」

「こっちこそだ！　女房達が世話になったな！」

「いいえ、お綺麗な奥様で、羨ましいです！」

「えっ、そうなの!?」

「ガハハ！　そうなんだよ！　ガハハハ!!」

バシバシと、シェフの背中を叩いている。ニルズはやっぱ無敵だ。

「おっちゃん今日は何すんの？」

「今日か？　今日はな、また食べ方を教えて欲しいんだ。いいか？」

「ボク、何も知らないよ？」

「ガハハ！　何言ってんだ！　リリ殿下ほど、物知りなのはいねーよ！」

「えー、違うと思うよ？」

「まあ、いいからいいから。取り敢えず、見てくれや」

「うん」

ニルズに連れられて歩き出す。

「リリ？　この者がおっちゃんなのかい？」

クーファルがいつの間にか俺の横にいた。

「うん、兄さま。紹介します。おっちゃんです！」

ジャーン!!　と、俺はニルズを紹介した。両手のヒラヒラ付きだ。片足も半歩前に出している。

「おいおい、リリ殿下。おっちゃんはねーだろ」

「えー、だっておっちゃんじゃん」

「ガハハハ！　ちげーねー！」

「リリが世話になったそうだね？　私は兄のクーファルだ。今日はよろしく頼むよ」

「え、えぇッ!?　ク、クーファル殿下!?　ニルズと申します！　こちらこそ、宜しくお願いします！」

ニルズがガバッとお辞儀した。おいおい、俺と随分態度が違うよね。

「おっちゃん、兄さま知ってんの？」

「何言ってんだ、当たり前じゃねーか！　フレイ殿下にクーファル殿下と言えば、カッコいい！　って、帝国中の女が騒いでるぜ！」

「そっか。兄さまカッコいいもんな」

「ん？　どうした？　リリ殿下だって、とんでもなく可愛いって有名だぜ？」

「おっちゃん、可愛いは駄目。ボクは男の子！」

「ガハハ！　そーかそーか、男の子か！　まだ殿下は、ちっさいから仕方ねえわ。大きくなったら、リリ殿下カッコいいー！　て、ブイブイ言わしてやんな！」

「ブイブイ!!」

「おお！　ブイブイだ！」

「うん！　おっちゃん！」

「こらこら、ニルズ。殿下に変な事を教えるんじゃない」

「領主様、今日はすまねーな！　宜しく頼んます！」

「いや、こっちこそ。宜しく頼むよ。で、どこだ？」

「ああ、こっちだ」

ニルズに連れて行かれた所には、沢山の海の幸が所狭しと並んでいた。

「おっちゃん！　凄い！　何これ！　どうしたの!?」

「ああ、海に沢山いるんだよ。でも、食べ方が分かんなくってな。今迄食べてなかったんだ。リリ殿下なら分かるかと思って、今朝早くにとってきたんだ」

　本当に!?　こんなにあるのに、食べてなかったのか!?　勿体ない！

「こら、あんた！　言葉遣いを直しな、て言ってるだろ！　リリアス殿下、すみません。うちのが失礼ばかり言って」

　えっ!?　うちのが……!?　何、この美人さん！

「あー、殿下。うちの女房だ」

「リリアス殿下、初めまして。テティと申します。おばちゃんでいいですよ」

「えー！　おっちゃん！　めっちゃ美人の奥さんじゃん！」

　フィオンや母も美人だが、また違う。健康的な美人だ！　赤茶の緩いウェーブの髪に、淡い茶色の瞳。無造作に結んだ髪の後れ毛が、大人の色気を感じさせるね！

「ガハハハ！　そーだろそーだろ！」

「殿下、奥様を助けて頂いて有難うございました」

　テティが俺に、声を抑えて言った。

「ケイアの事です」

「あれはボクじゃない。クーファル兄さまと、フィオン姉さまだ」

「いいえ、殿下もですよ。私は子供の頃から奥様と一緒に育ったんですよ。奥様の侍女だったんです。この人と婚姻して、今は漁師の女房ですけどね。ずっと心配していたんです。殿下方のお陰で、やっと風が通った気がします」

　いや、俺はなんもしてないよ。できなかったよ。

「兄さま、助けて下さい」

「リリ、どうした？　珍しいな」

「まあ！　クーファル殿下！　よくいらして下さいました！」

おいおい、声が1トーン上がってるじゃないか。クーファルは奥様達にも人気なのか。

「兄さま、おっちゃんの奥さんです」

「ああ、そうなのか。リリが世話になった」

「いえ、こちらこそ！　奥様を助けて頂いて、感謝しております。本当に有難うございました」

「あー、いや。遅くなってしまって、夫人に怪我をさせてしまった。力足らずで、すまない」

「殿下、何を仰いますか！　誰もどうにも出来なかったのです。もう、殿下方には感謝しかありません！」

「ああ、その通りだ！　クーファル殿下、リリ殿下。有難うございます！」

「もう、おっちゃんまで……やめて！」

「ふふふ、本当に可愛らしい殿下ですね。おばちゃんとも仲良くして下さいね」

「そんな！　こんな綺麗な人に、おばちゃんなんて呼べません。テティて呼んでもいいですか？　ボクはリリです！」

「プフ……」

うん、ここでリュカが吹き出すのは、もう定番だな。この吹き出しがないとちょっと寂しいかも。

俺は、ズラリと並べられた魚介類の前に、ニルズと一緒にしゃがみ込んでいた。

「殿下、分かるかい？」

「んーとね、おっちゃん氷水ある？　それと、大きな鍋で茹でられる様に用意してほしいな。あ、あと焼く用意もお願い！」

「よしきた！」

「それから、シェフ！」

「はいッ、殿下！　どうしますか？」

「あのね、氷水で洗ってから、ここに小さなナイフで……」

ニルズが大きい鍋で茹でる用意をしてくれた。

「殿下、これこのまんま突っ込んでいいのか？」

「うん、いいよー」

「生きてるぜ？」

「うん、いっちゃって！」

「よし！」

「殿下、剝きましたよ！」

「じゃあ、これは一口大に切って、前みたいにソイをつけて食べよう」

「こっちの大きな貝はどうしますか？」

「ああ、それもそこにナイフを入れて……」

「殿下、もういいか？」

「うん、おっちゃん。いいよ！」

「これどうすんだ？」

「もうこのまま食べれるよ。食べやすいように、ここにね……」

さあ、出来たぜ！　シェフが剝いたり切ったりしていたのが、伊勢海老とアワビだ。刺身にしてもらった！　超新鮮！　超贅沢！　伊勢海老なんて身が透き通ってぷりぷりしている！

おっちゃんこと、ニルズが茹でていたのが……そう、蟹だ！　まず、茹で蟹を用意した。

「兄さま！　みんな！　食べよう‼」

「リリ、生で食べるのかい？」

「はい！　兄さま、美味しいですよ！　この、ソイをつけて下さい」

「さあ、殿下。どうぞッ！」

「シェフ、ありがとう。ソイをちょんちょんとつけて……んー、超おいしい！　とけちゃう！」

「うわ、うまっ！」

リュカ、お前はもう食べたのか？　早いよ。躊躇がないな。リュカの横でオクソールまでアワビを食べている。前に船で刺身を食べているから、二人は生と言う事にもう全く躊躇しない。

「リュカ、生でも平気なのか？」

「クーファル殿下、いっちゃって下さい！　超美味いです！」

「クーファル殿下、これは美味いですよ」

いつの間にか俺の横で、黙って伊勢海老を食べていたオクソールが声をかける。

「オクソールもか？　リュカ、抵抗はないのかい？」

「以前船の上でも食べましたから、慣れました。クーファル殿下、これも美味いですよ、どうぞ！」

リュカに勧められて、クーファルが伊勢海老を口に入れる。

「そうか、じゃあ……お、美味しい！　甘いんだな！　身がプリプリしている」

「でしょ？　クーファル殿下、美味いでしょ!?」

「リリ殿下、こっちはどうすんだ？」

「おっちゃん、足をバキッて折っちゃって！」

「え？　マジか？」

「うん、マジ！」

「こうか？」

——バキッ……バキッ……！

「おっちゃん、1本ちょうだい！」

「おう、熱いぞ」

「うん、シェフ！」

「はい、殿下ッ！」

「これ、この切り口から剝いてほしいの」

「殿下、こうですか？」

「うん、そうそう。これをこうやってとって……ん、あまーい！」

「え？　殿下、甘いですか？」

「うん、シェフ食べて！」

「では、失礼して……うん、甘いですッ！」

「でしょー！　シェフ、これね、焼いても美味しいの。グラタンもいいね。こっちはバターでソテーしても美味しい。ソイで甘辛く煮ても美味しい。これは、焼いても美味しいし、生でも食べれるよ。あー、しゃぶしゃぶしてもいいかなー」

「ふむふむ。ソテーですね。ん？　しゃぶしゃぶ？」

シェフ、いつの間にかメモってるよ。最近メモをいつも持っているな。

「で、殿下。これは何と言うのですか？」

「え？　おっちゃん、これ何ていうの？」

「知らねー。俺達は、『海の蜘蛛』て呼んでるが、ちゃんとした名前は知らねーよ。モグモグ……」

「えー、蜘蛛!?」

おっちゃん、めっちゃ食べてるよ！　両手に蟹の足を持ってるぞ。

「こいつはな、デケーだろ？　漁の網は破るし、魚は食い散らかすし、共喰いまでするんだよ。オマケにこの足だよ。鋏に挟まれて怪我した奴もいる。で、この見た目だ。昔から忌避されてきたんだ。まあ、単純に足が長いし多いから見た目で『海の蜘蛛』て、いつからか呼ぶ様になったらしいぞ」

なるほど、それで食べていなかったのか。

確かに俺が知ってる蟹よりかなりデカイ。バケモン級だよ。でもその分、身もたくさんあるぞ！

「殿下は何と？」

「かに」

「では、これは？」

「これは、伊勢海老」

「こっちは？」

「アワビ」

「はいはい。了解ですッ！」

「こら、ソール。お前食べ過ぎだ」

ん、ソールが？　そのクーファルの声で、ソールを見てみると……どんだけ食べたんだ⁉

ソールの前に、でっかい蟹の足の殻が小山になってる！

「だって殿下、めちゃくちゃ美味いですよ！　止まりません！」

いや、止めようよ！

みんな食べてるのかな？　と、思って見回してみると……スッゴイ大勢の人が集まっていた。ビックリしたよ。まあ、デカイし沢山あるから大丈夫だろうけど。

ニルズが茹でていたのは最初だけで、途中からは漁師のおかみさんらしき人達が、次から次へと茹でている。シェフも、奥さん連中に囲まれて色々作っている。

「殿下、どうしました？」

「テティ。みんな食べてるかな？　て思って」

「食べてますよ。港中の人が集まってしまって、大騒ぎになっちゃいましたね」

「うん。ビックリしちゃった。テティは食べた？」

「はい。頂きました。とっても美味しかったです。今まで食べなかったのが、こんなに美味しいなんて。驚きました」

「アハハ、前も言ってたよ」

「前もそうですが、今日食べ方を教えて頂いたのは……」

「あれでしょう？　見た目で敬遠されていたんでしょう？」

「ええ、そうなんです。さっきうちの人も言ってましたけど、危険ですし」

「まあ、ね。だって見た目もだけど大きいもんね」

「ウフフ。ですね」

――大変だー!!

――大変だ!!　出たぞー!!

領主隊の声が聞こえてきた。ん？　何だ？　どうした？

「リリ殿下！　港に魔物が出た！　避難してくれ！」

「おっちゃん！　魔物って!?」

「ああ、クラーケンてやつだ！　早く！」

「オク！」

「行こう！」

「はい！　殿下！　彼方に……」

「いえ、殿下！　避難して下さい！」

「オク、駄目！　行くよ！」

「殿下！」

「リリ、駄目だ！　避難しなさい！」

「兄さま、大丈夫です！」

だって、あれだろ？　クラーケンて、でっかいタコだろ!?　食えるんじゃないかな？　もしかして。てか、なんでもでっかいなぁ！

蟹も伊勢海老もアワビだって、前世にあるものより倍は大きい。

豊かな海だからか？　今まで捕っていなかったからか？　それとも、異世界仕様なのか？

「オク、抱っこ！　クラーケンのとこまで走って！」

「殿下、駄目です！」

くそッ！　ユキがいれば、乗って走るのになぁ！

「オク！　おねがい！　大丈夫だから！」

「えッ!?」

『リリ！』

小さな竜巻の様な風が起こったかと思ったら……

――シュタンッ!!

「リリ、呼んだか？」

ユキがどこからともなく現れた！　ユキはお邸でニルとお留守番の筈なのに。

「リリの声が聞こえたのでな」

「ユキ、凄い！　そんな事できるの!?」

「我はリリを守ると言ったであろう？　どこにいても、リリの声は聞いておる」

「ユキ、ありがとう！　行くよ！　乗せて！」

「ああ！」

俺はユキの背に乗った。やったぜ。これで動けるぞ。

「殿下！　ユキ！　危険です！」

オクソールが叫びながらついてきている。リュカもだ。よし！　行くぞ！　ユキに乗って、港の端までやって来た。いたいた！　超デカイ、タコだ！　大きな頭が、離れたこの場所でも確認できる。その大きなタコさんが、港に迷い込んだ所為で停泊していた船が巻き込まれている。このまま放っておけば、人にも被害が出るかもしれないぞ。もう、領主隊が数人来ている。早いな。

「リリアス殿下、危険です！　離れて下さい！」

「殿下、お戻り下さい！」

アスラールと領主隊が慌ててやって来た。

「アスラ殿、よく出るの？」

「いえ、港にはめったに出ません。普通は此処まで入って来ないんですよ」

そうか。じゃあ何が原因なんだろう？

「アスラール様、分かりました！」

「ウル、どうした!?」

「どうやら、沖の方でメガロシャークが出たようです。それで逃げて港に迷い込んだのでしょう。沖に出ていた漁船が確認しています！」

「メガロシャーク？」

「まあ、めちゃくちゃでっかいサメの魔物です」

「そんなのがいるの!?　て、言うか、ウルいたんだね」

「あー、はい。頂いてました。美味かったです！　ハハハ！」

そりゃ良かったよ！

「アスラ殿、どうするの？」

「私が風魔法で仕留めます」

「アスラ殿、足切らないでね」

「は？　殿下？」

「あれ、美味しいよ？」

「……まさか殿下!?」

「本当だよ、食べてみたくない？」

「分かりました！　頭ならいいですか？」

「うん！」

「分かりました！　いきます！」

──ギュイィィーン！！！

「アスラ殿、すごーい！」

アスラールが剣に風魔法を付与して斬撃を飛ばした！

こっちに来る時も見たけど、目の前で見ると本当凄いよな！　俺もやってみたい！

「あー、アスラール様！　致命傷になりませんでしたねー！　残念！」

アスラールが飛ばした斬撃は、巨大なタコの眉間の辺りを斬ったが致命傷にはならなかった。

「はい！　次はボクがやります！」

「え、殿下が!?」

俺はユキに乗ったまま、元気に手を上げた。超やる気だ。

「いきますッ！」

『ウインドエッジ』

ヒュンッ!!　と、風の刃が飛んだ。丁度、アスラールが傷をつけた辺りを深く切り裂いた。

――ザバーーン!!

巨大なタコが水飛沫をあげて倒れた。

「やったー！」

「殿下！　お見事！」

――おぉーー！

――殿下、スゲー！

――ヤッター!!

見ていた領民達が歓声を上げた。

「リリ！　怪我はないか!?」

クーファルが慌ててやってきた。

「兄さま、大丈夫です。なんともありません」

「リリ、本当にヒヤヒヤしたよ」

「我が付いておる。怪我などさせん」

ユキは本当に男前だよ。カッコいいよ。

「ユキ、ありがとう。兄さま、ごめんなさい。でもあれ、美味しいですよ！」

「えっ!?　リリ、あれを食べるのかい？　クラーケンだよ？」

クーファルがビックリしているが、この際スルーだ。ちゃんと鑑定で確認したからな。大丈夫だ。

「シェフーッ！　おっちゃーんッ！」

「おう！」

「はいぃッ！　殿下ッ！」

二人揃って、ビュンとやってきた。アハハハ、良いコンビだ。

「あれ、食べるよ！」

ビシッとクラーケンを指差して俺は言った。

「「えええーーッ!!」」

うん、二人とも良い反応だ。ふっふっふ。


「んんーまーい！　プリップリ！」

シェフに言って、クラーケンをアヒージョっぽくしてもらった。

プリップリじゃないか！　魔物なのに、超美味い！　魔物なのに。

「いやぁ～、食べると言い出した時はビックリしたが。美味いもんなんだな！　めっちゃ酒に合うな！　ガハハハ！」

　ニルズはワインの入ったコップを片手に、上機嫌だ。いつの間に呑んでいたんだ？

「おっちゃん、酔ってる？」

「これしきのワインで酔うもんか！」

　本当か？　酔っ払いは皆そう言うんだよ？　もう顔が赤いじゃん。

「ねえ、おっちゃん。同じ様なので、頭が三角なのいない？」

「いるぞ。今日の頭が丸くて赤いのが、レッドクラーケン。頭が三角で白いのが、ホワイトクラーケンだ」

「その三角なのも、美味しいよ」

「そうかッ！」

「殿下、他の調理法ですが……」

　シェフ、メモを片手に聞いてきた。プロだねー。早速、シェフが作ったらしい。タコの唐揚げと、タコのカルパッチョ。それに、ソイと砂糖で煮物まで。タコのフルコースだ。

「シェフ凄い！　天才！」

「殿下、有難うございますッ！　いやぁ、クラーケンが、まさかこんなに美味しいとは思いませんでした！」

「うん。塩でしっかりヌメヌメを落としたら、美味しいでしょ」

「はい！　大きいから大変ですけどね」

「おっちゃん、魔物じゃないのも、いるでしょ？」

「あー、いるにはいるが。捕まえられないんだ。逃げ足が早いからな」

「おっちゃん、罠を仕掛けといたらいいんだよ」

「殿下、罠か？」

「うん。網の筒みたいな物の中に餌を入れておいて、海底に沈めておくんだ。海の温度が低いと、動かなくなるらしいから、暖かい時がいいね」

「そうか、やってみるわ！」

「うん」

前世のテレビで見た知識なんだけどな。

「殿下！　めちゃ美味いです！」

リュカ、まだ食べてんのか。

「リリ殿下、しかし凄いのを連れてるんだな」

「え？　おっちゃん何？」

「それだよ、ユキヒョウだろ？」

俺の横で、タコを夢中になって食べているユキを指差した。とっても食べ方がワイルドだ。

「ああ、そうだけど。神獣なんだって。ユキって言うの。よろしくね」

「し、神獣だとぉッ!?　初めて見たぞ！」

ニルズさぁ。リアクションは良いけど、手に持ったワインこぼすよ？

「ハハハ、俺達も初めてですよ」

「リュカ、お前もか？」

「はい、初めてですよ」

「なんか、スゲーな！　リリ殿下は、マジで規格外だな！」

「ニルズさん、何言ってんスか。殿下は精霊様も友達ですよ」

「あん？　加護じゃねーのか!?」

「加護もですけど、友達だそうですよ。ねえ、殿下」

「ん？　ルーの事？」

「はぁッ？　名前あんのか!?」

「ボクがつけたの。お友達だからね」

「はあ〜、慣れねー！　慣れねーわ！」

「アハハハ！」

リユカ、お前はいつも酔っているのか？

「殿下、そろそろお昼寝の時間ですよ」

「オク、もうそんな時間？」

そうか、もう半日いたんだな。ニルズといると楽しい。時間の過ぎるのが早く感じるよ。

「なんだ？　昼寝すんのか？」

「おっちゃん、ボクまだ5歳だからね。お昼寝は大事」

「ガハハハ！　そうだった、まだ5歳だったな！」

なんだよ、それ。忘れてたのか？

「リリ、戻ろうか？」

「はい、兄さま。ユキ、沢山食べた？」

「ああ、美味かった」

「良かったねー」

「ユキ、どうする？　殿下は私の馬にお乗せするが、小さくなるか？」

オクソールが聞いてきた。

「いや、面倒だ。このままついて行く」

「オク、ボクはユキに乗って帰るよ」

いつも乗せてもらってるの悪いしさ。ユキ、カッコいいじゃん？　乗って走りたいぃ！

「殿下、途中で寝てしまわれたら危ないですから」

「あー、そっか。じゃあオク、お願い」

「はい、殿下。では参りましょう」

仕方ない。寝てしまったら落ちてしまうぜ。俺は両手を上げて、オクに馬へ乗せてもらう。

「おっちゃん、またねー！　今日はありがとう！」

「何言ってんだ！　こっちこそ、有難うよ！　また、いつでも来なよ！」

「うん、ありがとう！　テティ、またねー！」

「殿下！　有難うございました！」

やっぱ、帰る途中で寝てしまいました！　オクソールよ、いつも有難う。本当、感謝してるよ。

「殿下、りんごジュースをご用意しましょう」

「うん、ニル。ありがとう」

俺はベッドからおりて、ソファーに座る。ユキもお座りをしてりんごジュースを待っている。

「殿下、また色々食べて来られたそうで」

「うん。あ、もしかして姉さま？」

「はい」

「え、どうしよ……」

「シェフに相談しましょう」

「うん、そうしよう」

ニルとユキと一緒に調理場まで来ている。シェフと夕食の相談だ。

「シェフ、夕食はこっちでいいよ」

「そうですね。豪華に見えますしね！」

いや、めちゃくちゃ豪華だよ。シェフと相談して、伊勢海老のグラタンとフライにした。殻をグラタンの容器にする案もあったのだが、伊勢海老を見た事のない女の人が見ると抵抗があるかも知れないのでやめた。こんな高級食材をフライにするのはもったいないぜ。

「シェフ、リモネンとタルタルもつけてね」

「はい、殿下」

「殿下、少し宜しいでしょうか？」

「料理長、どうしたの？」

この邸の料理長だ。

「先日、街の奥方達が来た時の話なんですが。白身の魚がよく捕れるらしいのです」

「そうなんだ」

「はい、それを利用して屋台や食堂で、出せる様な料理はないかと考えているのですが。殿下、何かありませんか？」

白身魚か。そんなの決まってるじゃないか！　ド定番だ！

「料理長、白身魚と言えば、お魚のフライでしょう」

「フライですか。あのパン粉をつけて、揚げるものですか？」

「うん、そうだよ。屋台なら、一緒にポテトフライもつけたらいいよ。前にじゃがいもで作ったよね？　タルタルかけてパンに挟んでもいいいなぁ」

「なるほど」

「フライはね、なんでも合うんだ。ボアのお肉でもいいし、ホロホロヤケイだっけ？　あのお肉でもいい」

今みたいにエビも合うし、イカもいい。

「ピンクの身のお魚ていないかな？」

「ああ、いますね」

「それも合うよ」

「成る程、どれも美味そうです。有難うございます」

「成る程、成る程。肉もいいと」

シェフがまたメモってるよ。

「シェフ、ホロホロヤケイは唐揚げもいい。むしろボクは、唐揚げがいい」

「ほう、唐揚げですね。ふむふむ」

「ソイとジンジャーで下味つけて揚げて、リモネンを絞ってかけて食べるの。絶対に美味しい」

「ふむふむ。いや、美味しいに決まってますねッ！」

そこにポンッと、ルーが現れた。

「リリ、また貰って行くけど」

「ルー、昨日はありがとう。父さまに会えて嬉しかったよ」

「そうかい？　リリは寝ちゃったけどな」

「うん。起きた時に父さまがいなくてショックだった」

「ハハハ、仕方ないさ。あれ、ユキ。何食べてんの？」

そう。俺の隣でユキとニルは、試作品の伊勢海老フライを食べていた。

「美味いぞ」

「ルー様、食べますか？」

「ニルまで食べてんのかよ」

「はい、美味しいですよ」

ユキもニルもガッツリ食べてる。ユキは、本当に食欲旺盛だね。港でもガッツリ食べていたよね。

「シェフ、余分にある？」

「ありますよ。また持って行きますか？」

「ああ、いいかな？」

「お持ちするなら少し待って下さい。グラタンも焼きますから」

「うん、有難う」

シェフがグラタンを作りに立った。世話をかけちゃうね。

「ねえ、ルー」

「ん？　リリ何？」

「毎日持って行ってない？」

「リリが、毎日何かやらかすからだろう？」

「そんなに毎日やってないよ」

「そうかい？　まあ、気にすんなって」

「まあ、いいけど」

ルーの出前みたいだな。ウー○ーじゃなくて、ルーイーツだ。

面白くない……でも、ルー。ありがとう。いつもごめんね。

「ああ、そうだ。リリ、皇帝が転移門を修復して欲しいんだとさ」

「そうなの？　どうやって？」

「また僕が教えるよ」

「そう、お願い」

そうか。転移門か。どうせなら、今度は騎士団中隊分位を転移できるのがいいな。馬や馬車も転移出来るともっといいなぁ。

「ん？　リリ、マジか？　リリなら出来るだろうな」

「そう？　じゃあ、そうしよう」

「本当に、初代といい、リリといい」

「なぁに？」

「規格外にも程があるよ」

「そう？　エへ」

「エへじゃないよ」

「ルー、転移門を直したら帰りは転移で帰れるの？」

「いや、城の方が駄目だから無理だ。戻って城の転移門を直したら、次からは転移門で一瞬だ」

「うん。ちょくちょく来ようっと。あれ？　ルー？」

「なんだ？」

「転移門を作れる位なんだから、ボクって転移できないの？」

「そうだな。出来るだろうな」

なんだよ！　出来るのかよ！

「まあ、でも転移門があると複数の人を転移できるから、便利だよ？」

「うん。転移門は直すよ」

「まあ、時間が出来たら呼んでよ」

「うん。ルーありがとう」

そうして、ルーはシェフに色々もらって消えた。どこに仕舞っているんだろう……

「本当、毎日だよね？」

シェフに聞いてみた。

「そうですね。毎日ですね」

「父さまと母さまが、食べるんだよね？」

「もちろん、そうですよ。ああ、皇后様もらしいですよ。殿下が見つけて、殿下が考えて、殿下が食べてらっしゃるのが、欲しいと仰っているそうです」

「そっか……そっか」

「恋しくなりましたか？」

「シェフ、そりゃあね。ボクはまだ5歳だから」

そりゃあ、恋しいさ。まだ親の側にいたいさ。５歳だからな。

「さあ、殿下。夕食にしましょう。このメニューで、きっとフィオン様も喜ばれますよ」

「うん！　シェフ、そうだね！」


「まあ！　なんて美味しいのでしょう！　今迄食べていた海老とは全然違うわ！」

伊勢海老のグラタンを食べた、フィオンの台詞だ。そーだろ、そーだろ！　美味いだろう！　そりゃそうだよ、伊勢海老だもんな。高級食材だからな。

「姉さま、気に入ってもらえましたか？」

「ええ、リリ！　本当にとても美味しいわ！」

良かった良かった。シェフと相談した甲斐があるよ。

「これも、食べられていなかったのだな？」

「ええ、クーファル殿下。本当に勿体ない事です」

「父上、本当にそうですね」

「アスラールが仕留めたクラーケンもだな」

「父上、あれは私ではなくリリアス殿下ですよ」

「まあ、リリが!?」

アスラール、フィオンの前でそれを言ったら駄目だ。フィオンは俺に超過保護だからな。

「姉さま、違いますよ。アスラ殿が仕留めたも同然なんです。ボクは、トドメを刺しただけです」

「リリ、あまり危ない事はしないでちょうだい。姉様、心配だわ」

「姉さま、大丈夫です。オクもリュカもユキもいますから！」

「フィオン様、こちらもリリアス殿下が教えて下さった、カルパッチョです」

「シェフ、これは生なのね？」

「はい、オリーブオイルとビネガーにリモネンの果汁を加えたソースをかけてあります。とても、爽やかで美味しいですよ！」

「そうなのね。いただいてみましょう」

タコと言っても、クラーケンなので大きいんだよ。その分、歯ごたえも凄いんだよ。だから、シェフが薄～く透ける程に切ってカルパッチョにしてくれた。

「弾力と甘みが、とても美味しいわ」

「シェフ、やったね！」

「はい！　殿下ッ！」

「殿下方、この後少し宜しいでしょうか？」

「リリ、平気かい？」

「はい、兄さま。まだ大丈夫です」

「何かございましたら、無理には……」

「ああ、辺境伯。違うんだ。リリはまた寝てしまうからね」

「そうでした。そうお時間は取らせませんので」

「アラ殿、大丈夫です」

「では、リリアス殿下。少しお時間を下さい」


俺は、オクソールに抱っこされて、邸の地下に降りる階段を降りている。

ちゃんと両側に灯りが備え付けてあって、幅も広い。地下に下りる階段には見えない。階段の両脇はスロープになっている。これはもしかして、馬車でも通れる様に作ってあるのか？

アラウィン、アスラール、クーファル、フィオンに、ハイクとリユカが一緒だ。

「殿下、こちらです」

アラウィンが、白っぽい石でできた地下の大きな扉を開けた。

長く使われていなかったのだろう。石の扉が、ゴゴゴ……と音をたてた。俺達は中に入る。

そこには一段上がった丸い土台に、十一芒星の様な魔法陣が描かれている。

十一芒星って、たしかウンデカグラムだっけか？　前世でいうと、アメリカの自由の女神の土台だ。あれが十一芒星だったよな？　まあ、俺の知識なんて中途半端だ。うろ覚えって、やつだ。

十一芒星の11個の頂点には、白くて丸い柱が立っている。

そして11本の柱の中央には、幾何学模様のアラベスク柄が彫り込まれている。その柄の中心に、十一芒星の中央に向かって、透明な丸い魔石が嵌め込まれている。

向かい合っている柱の上にも、同じ様な柱が渡してあって、中央に同じ柄と魔石がある。

柱は11本だ。正面右側の1本だけ、上に柱を渡してない。柱の数が奇数だから、対にしていったら1本余る。その余った柱にある魔石だけ大きさが違う。他の柱の魔石より一回り？　いや、二回りほど大きい。もしかして、この魔石が起動装置か？

これが転移門。中世ヨーロッパかそれとも古代ローマ遺跡か？　て、趣きだ。

邸の地下にこんな大きな設備があるなんて想像できない。

「辺境伯、これは？」

「クーファル殿下、これがルー様が仰っておられた転移門です」

「これが……」

「とても大きいのですね」

「オク、下ろして」

俺は、オクソールの腕からおりて、転移門の方へ歩いて行った。

「リリ、ストップだ」

ポンッとルーが現れた。

「ルー、なんで？」

「リリ、気をつける様に言ったろ？」

パタパタと俺の肩に止まった。

「え？　ルーこれも？」

「ああ。むしろこれは特にだろう？」

「そうなの？」

「ああ、そうだ」

「ルー様、リリがどうしたのですか？」

「フィオン、リリは光属性が強いんだ。初代も強くてな。初代の魔力の残滓があると、意識が引っ張られるんだよ」

「引っ張られる……ですか？」

「そうだ。意識が過去に引っ張られてしまう。見なくて良いものを、見てしまうかも知れない」

「ルー様、それは初代が見たものと言う事ですか？」

「クーファル、そうだ。言っただろう？　初代の頃は、今みたいに平和じゃなかったんだよ」

「そうでした。リリは見ない方がいい」

「兄さま、ルー。そんなになの？」

「ああ、この部屋の扉がなんでこんなに大きな石造りなのか分かるか？」

「もしかして……魔物？」

「そうだ、リリ。万が一の時に、魔物が入って来られない様にだ」

「そうなんだ……」

扉や柱が白っぽいのも、魔物避けが使われているのだろう。領地内にある魔物避けと同じだ。

「これが、最後に使われたのが30年前だ。転移門が作られたのは630年前だ。約600年間、魔力を補充しながら使われていたんだ。初代は凄いだろ？」

「うん、想像できないや」

本当、残っているだけでも凄い事なのに、使われていたんだもんな。

「リリ、君が引き継ぐんだ。修復できるのは、リリしかいない。リリは以前花を咲かせた光の大樹と、この転移門を守り引き継ぐ事。それが役目になる。悪いな、プレッシャーかけてしまって」

いや、プレッシャーもあるが……

「ルー、ボクは修復できる事を誇りに思うよ。守り引き継いでいくよ」

アラウィンが感慨深げに話し出した。

「私はまだ子供でしたが、使われていた事を覚えております。実際に、父と一緒に転移した事もあります。先代の皇帝陛下が、光属性の魔力を補充する為に、定期的に来られていたのも覚えております。600年間、続けて来られたのです。次代のフレイ殿下に、壊れたままお渡しするのは心残りでありました。リリアス殿下。殿下には心から感謝を申し上げます。領地の事でも、大変ご迷惑をお掛けしましたのに」

違うんだ。辺境伯領だけの為ではない。迷惑なんかでもない。

だから俺は、リリアスという個人としてではなく皇子として言おう。

「アラウィン辺境伯、迷惑などではありません。辺境伯領の為だけではなく、帝国の為です。ボクは、帝国第5皇子としてできる事をするだけです」

俺は敢えて口調を変えて、アラウィンに言った。いつもの気さくな感じではなく、帝国第5皇子として丁寧にだ。

「そうだ、リリアス。辺境伯領が盤石でないと、帝国の平和にも関わってくる。リリアスだけでなく、フィオンや私も帝国の皇家としての役目だ。辺境伯、この地を頼んだ」

アラウィンとアスラール、ハイクは跪いた。

「必ず……必ず守り続けて参ります。陛下や殿下方から受けた恩義に報いる為にも。お任せ下さい」


俺はまた途中で寝てしまった。またオクソールが抱っこして部屋に連れて来てくれたらしい。毎度毎度、オクソール申し訳ないね。

「殿下、お着替えしてお食事に」

「うん。分かった」

俺はモソモソとベッドをおりて、着替えて食堂に向かう。

「ニル、転移門て知ってる？」

「はい。城の地下にありますよね。見た事はありませんが」

「昨夜見たんだ」

「昨夜ですか？　では、このお屋敷に？」

「うん。地下にあるんだ。ボクが修理する事になったの」

「殿下がですか!?　危険はないのですか!?　もしも、魔力が尽きたりでもしたら！」

「ニル、大丈夫。ルーが平気だって言ってた。ボクが直さないと、もう修復は出来ないだろう、て」

「殿下、本当に大丈夫なのですね？」

「うん。直すだけじゃなくて、一度に転移できる人数も増やす予定なんだ。ボクはできるんだって」

「でも、殿下。少しでも無理だと思われたら、すぐに止めて下さいね」

「ニル、ありがとう」

食堂に入ったらシェフが待っていた。

「殿下！　おはよう御座いますッ！」

「シェフおはよう」

「今朝は、こちらの漁師飯を取り入れてみましたッ！」

「そうなの？」

「はいッ！　さぁ、どうぞ！」

そう言ってシェフが自信満々に出してきたのは、なんと！

「シェフ！　おにぎりじゃん！」

「はい、殿下。船の上で食べた時に、とても美味しかったでしょう？　あれから、米を炊く練習をしてましたて。やっと上手に炊けました！」

練習なんてしていたのか!?　炊飯器がないもんな。俺は自慢じゃないけど、炊飯器がないと米は炊けないぞ。

「シェフ、凄い！　それに、ミソスープじゃん！　え？　これ、魚の干したやつ？」

「そうです。殿下が食べてみたいと仰っていたので、ニルズ殿が持ってきてくれましたよ」

「シェフー！　凄い！　あー、これで卵焼きがあったら完璧じゃん！」

「んん？　殿下、卵焼きとは？　それを詳しく」

「えっとね、卵をね……」

食堂でシェフに卵焼きを説明していると、クーファルが入ってきた。

「リリ、食べないと冷めてしまうよ？」

「兄さま、おはようございます。昨日また寝てしまって、ごめんなさい」

「ハハハ、大丈夫だ。想定内だからね」

想定してたのかよ。分かっているなら、次から昼間にしてくれると嬉しいな。要希望だ。

「おや、今朝は見た事がない食事だね」

「兄さま、おっちゃんに教えてもらったご飯です！」

「ご飯と言うのかい？」

「はい。これは、おにぎりです。手で持って食べます。このミソスープも美味しいです。ほっこりしますよ！」

「リリ、ほっこりなんて言葉を、よく知っていたね？」

「エヘヘ。食べて下さい。船で食べた時にとっても美味しかったので、シェフが頑張って作ってくれました！」

「そうなのかい？　それは楽しみだ」

「殿下、冷めないうちに、食べて下さい！」

「うん、シェフ。いただきます！」

俺は、おにぎりを手に取って、カプッとかぶりついた。いやー、こうなると切実に箸が欲しい！

和食をナイフとフォークで食べるのは何か違う。違和感ありまくりだ。

「んーーー！　シェフ美味しいぃ！　めちゃ上手に炊けてるよー！」

「殿下ぁッ！　有難うございますッ！」

「ミソスープが、しみるぅ～！」

マジ、俺涙出そうだよ。和食じゃねーか！　完璧な和食だよ！　なんなんだ!?　なんでこの世界に和食があるんだ!?　もう、なんでも良いよ！　嬉しいよ！

「おや、殿下。それは、漁師の……」

「はい、アラ殿。シェフがおっちゃんに教わったそうです。スッゴイ美味しいです！」

「ハハハ！　殿下、お口いっぱいですよ。ほっぺが！」

アスラールもアラウィンに続いて入ってきた。

「ほふ?」

「リリ、飲み込んでから喋りなさい」

クーファルに叱られちゃったぜ。

「ふわい……アスラ殿、食べて下さい。美味しいですから」

「はい、頂きます」

「クーファル殿下、リリアス殿下。ご相談があるのですが、この後お時間をいただけますでしょうか?」

アラウィンが改めて言った。なんだ？

「私はかまわないが、リリは？」

「兄さま、ボクも全然大丈夫です」

「ではこの後、応接室でお話し致します」


ささささて、応接室に来ている。満腹だぜ。やっぱ和食は美味いね。食べ過ぎちゃったよ。

「殿下、りんごジュースです」

「ニル、ありがとう」

俺以外はみんな紅茶だ。応接室には、アラウィンにアスラール、側近のハイク。クーファルと側近のソール、で、俺にレピオスだ。

レピオスは夫人の治療にあたっていたが、もう大丈夫なのかな？

「レピオス、アリンナ様のご様子はどう？」

「ええ、殿下。もう大丈夫ですよ。あとはゆっくりと体力を戻すだけです」

「そう、よかった」

さすが、レピオスだ。

さて、アラウィンのお話は何かな？

「クーファル殿下、リリアス殿下。実は、ケイアの後任の事でご相談したいのです」

ああ、成る程ね。後任か。考えてなかったな。

「実は、後任には一番実力のある者をと、伝えたのですが」

うん、いいんじゃね？　クーファルを見ると、少しうなずいた。だよね。やっぱ実力がないとね。

「少し揉めておりまして……」

あら、揉めちゃったのか。

「皆自分は先頭に立つ程の実力はないと言うのです。殿下、どうしたものかと」

あらら。そっちなのか。自信がないのかな？

「辺境伯、テストをしてみたらどうだ？」

「クーファル殿下、テストですか？」

「ああ。リリ？」

え？　後は俺に振るの？　丸投げじゃん。んー、テストかぁ。まあ、無難にいくか。

「何か薬湯でも作ってもらいますか？　ああ、回復薬も」

「なるほど。実際に作らせるのですな」

作ってもらうにしても、俺は普通の基準が分からん。

「ねえ、レピオス。ポーションが作れる人は、皆ハイポーションが作れるの？」

「そんな事はありません。それは殿下だけですよ」

「あら。そうなの？」

「はい。普通ハイポーションは、ポーション作成を何年もやって慣れてからですね」

「じゃあ、一番難しいのは？」

「万能薬じゃないでしょうか？」

「あらら」

「はい、殿下は簡単にお作りになられましたからね」

俺は3歳の時からレピオスに師事している。薬湯やポーションの作り方も勿論レピオスに教わった。その時の事をレピオスは言っているんだ。

俺は、教えてもらったその日に万能薬やハイポーションを作る事が出来たんだ。

だから、皆もそう苦労せずに作れるものだと思い込んでいたんだ。

「んー……じゃあ、例えばで架空の患者の状態を設定する。それに対してどんな薬湯を作るかと、併せて治療方針を提出してもらう？　それと、ハイポーションを作れるか？　が、基準かな？　万能薬だと無理っぽい？」

「そうですね。回復薬の中から、自分が作れる一番上級の物を作ってもらいましょうか？」

「うんうん。そうだね。アラ殿、どうですか？」

「それは良い考えだと思います」

うん、アラウィンも納得かな。

「では殿下、判定はどうしましょう？」

「レピオス、判定？」

「はい。ハイポーションが作れても、質が悪かったり効果が低いと話になりません」

「あー、そっか。んー……ボクが鑑定するよ」

「お願いできますか？」

「うん。それが確実だよね。アラ殿にも立ち会ってもらえますか？」

「それはもちろんです」

やっぱレピオスは頼りになるね。俺が気付けない事に気付いて言ってくれる。

「それで、レピオスが見て今いる薬師達の実力はどうなの？」

「殿下、そうですね……まあ、まだまだと言う所でしょうか？」

「え、そうなの？」

「はい。実力と経験のある者は、ケイアが辞めさせていたらしいですから」

「あー、それじゃ駄目だね。この領地を任せるにはちょっと不安だ。いっそのこと、領内で希望する薬師も参加させちゃう？」

魔物を討伐しなきゃいけない領地で、その程度だと不安だろ。

新しい風を入れるのも、良いかもよ？　実力主義でさ。

「殿下、それはいい考えです。ねえ、父上」

「ああ、アスラール」

後は、そうだな。城のシステムを真似するか。

「アラ殿。城では定期的に、薬師達の実力を見極める為の、テストを行っています。可能であるなら、それも今後行う方が良いと思います」

「なるほど、そうですな」

「あと、アラ殿。肝心なのは薬師としての心構えです。いくら腕が良くても、心が歪んでいては駄目です」

「はい、殿下。それはもう痛感しております」

「ですので、併せてそれも確認する方が良いと思います」

「それは、城ではどうやって確認されているのでしょう？」

そこは俺よりもだな。

「レピオスおねがい」

レピオスに説明してもらったんだ。城での薬師達の実力や心構えの確認方法だ。

城では、薬師をまとめる者の中からランダムで2名選出される。それと、皇族の側近だ。今は父の側近のセティかフレイの側近若しくはクーファルの側近だ。その中からランダムで一名選ばれる。

あとは、官職の長の中から、これまたランダムで2名。合計5名の面接官が選ばれ、実技の合格者を面接する。

「なんと、その様な」

「はい。新人採用の登用試験は毎年行われますが、実力の確認は3年に1度です。面接官をランダムで選ぶのは、不正防止の為です」

「しかし、我が領地では選ぶ者がおりません」

「アラ殿。今回はレピオスにやってもらいませんか？　あと、アラ殿が考える方1名で。アラ殿かアスラ殿が参加されても良いですね」

「殿下、何から何までお世話になる事になってしまい、申し訳ありません」

「ああ、気にしないで下さい。辺境の地を守ってくれている領主隊の命綱ですから」

「ああ、リリの言う通りだ」

うん。クーファルも賛成かな。

「では、父上。早速領地全域に触れを出しますか？」

「そうだな。リリアス殿下に鑑定をお願いするのであれば、出来るだけ早くテストを行いたいな」

「希望者はその地の衛兵に邸まで連れて来させれば、明日と余裕をみて明後日まであれば充分でしょう。３日後にテストは如何でしょう？　こちらもその間に準備できます。テスト受験者の中で、必要があれば邸に滞在させましょう」

　おお、いい感じだ。それなら薬師達に負担が掛からないな。

「それじゃあ、リリ」

「はい、兄さま」

「リリは明日、転移門の修復をしようか？」

「兄さま、分かりました。でも、ルーがいないと。ボク一人では全然分かりません」

「ああ、大丈夫だ。こちらの予定は全て把握されているよ」

「へえ～、ルーって凄いんですね」

「リリ、ルー様は精霊様だからね」

「兄さま、そうでした」

　なんて言ったら怒って出てきそうだ。

「リリ、その通りだ」

　ポンッと、白い光と共にルーが現れた。

「あ……」

「リリ、あ……じゃないよ？」

「ルー、ごめんなさい」

「いいけどさ。明日だね」

「はい、ルー様。お願いします」

「クーファル、分かったよ。じゃ、リリ。シェフは調理場かな？」

「うん、多分」

「そう。じゃあまた明日ね」

そう言ってルーは消えた。またシェフに食事をもらうんだ。

本当、ルーも毎日大変だね。精霊さんなのに申し訳ないよ。

「今日は早朝からテティと、街の女性達が来てますよ」

「アスラ殿、そうなんですか？」

「ええ。干物を持って来たついでに、またシェフに色々教わっている様です」

「そうなんだ。テティがいるなら、ボクも行こうかな。兄さま、いいですか？」

「ああ、構わないよ。辺境伯、もう構わないよね？」

「はい、有難うございます」

俺はリュカと一緒に、調理場に向かう。何を作ってるのか、楽しみだ。


「テティ、来てたんだね！　干物ありがとう。美味しかったよ！」

「リリアス殿下、それは良かったです」

あれ？　ユキめちゃ食べてるぞ。

「ユキ、まだ食べてんの？」

「ああ、リリか。美味いぞ」

「ユキ、太らないでね」

「リリ、何を言うか」

「だって食べてばっかじゃん」

「そ、そんな事は……」

あるじゃん。本当、今までどうしてたんだ？

「あれ？　ルーは？」

「もう色々持って行かれましたよ」

早いな。今日は何を持っていったんだろう。そこにテティが話しかけてきた。

「殿下、教えて頂きたい事があるのです。シェフもご存知なくて」

「え？　シェフも？　何だろ？」

「これなんです。食べ方が分からなくて。と、言うか、食べられるのでしょうか？」

テティが持ってきたのは、大きくて立派なアサリだった。

「おー、立派だねー！　美味しいよ、これ！」

「そうなのですか？　でも、以前試した時は、砂でジャリジャリして食べられた物じゃありませんでした」

「ああ、砂抜きしないからだよ」

「殿下、砂抜きですか？」

「うん、そう。シェフ」

「はい、殿下」

「これをね……」

説明したよ、砂抜きの方法。

「こうして最低2～3時間は、涼しい暗めの所に置いておくの。一晩置いても大丈夫だよ」

「まあ、これだけの事で食べれるのですか？」

「うん。これで砂を吐き出してくれるよ」

「殿下、それで調理法は？」

「ああ、あのね……」

はいはい、また説明しました。

今日の夕食で出てくるかな？　明日かな？　アサリのお味噌汁もいいよな。

「殿下、このグラタンと言うのは、とても美味しいですね！」

テティがいつの間にかグラタンを食べていた。

「そう？　城では普通に食べてたんだよ」

シェフまた作ったのか。

「まあ！　きっと皆知らないと思いますよ」

「そうみたいだね」

「先日殿下が、料理長に教えて下さった魚のフライですが、ポテトフライと一緒に試しに街の広場の屋台で、出してみたんですよ」

「そうなの？　どうだった？」

「それはもう、大好評でした。あっと言う間に売り切れました！」

「そう、良かった！」

「ありがとうございます。本格的に広めようと、準備しているんですよ」

「領地の名物になりそうだね。新鮮なお魚なんて、他の領地じゃあ手に入らないもんね」

「そうでしょう？　良い名物になりますよ。ああ、それと昆布も今干していますよ。出来上がったらお持ちしますね」

「本当!?　テティ、ありがとう！」

「あれ？　殿下もいらしたんですか？」

ヒヨコっと領主隊隊長のウルが顔を出した。

「ウル、どうしたの？」

「これから対戦を始めるので、ユキを呼びに来たんです」

「あ、忘れてた！」

「何？　リュカも出るの？」

「当然ですよ。全員参加です！」

「あー、私も参加しますよ！」

「またシェフも!?」

「もちろんですッ！」

また何の対戦をするのか知らないが。面白そうだ。

「ユキ、食べてないで行くよ」

「リリ、分かった。シェフ、また昼に頼む」

「はいはい。了解です」

「テティ、またね！」

「はい、殿下。ありがとうございました」

俺はユキに乗って、リュカとシェフとウルと一緒に邸の裏に向かう。

「リュカ、今日は何するの？」

「はい。誰が最後までユキから逃げられるかです！」

「何それ!?　ユキは、めっちゃ食べてたのに動けるの？」

俺はユキの首筋をフニフニと摑む。太ってきてないか？　肉付きがよくなったよな。

「我にとっては、腹ごなしだな」

本当かよ!?　しかし、色々考えるもんだなぁ。

「全員一斉にするの？」

「はい。ユキに倒されたら負けの、ガチの鬼ごっこですね」

「アハハハ、面白そう！」

領主隊と騎士団ｖｓユキの鬼ごっこだ！　邸の裏に着くと、もう皆集まっていた。

シェフはエプロンしたまま参加なのか？　やるんだろうな。

「殿下、来られたのですね」

「オク、ボクも参加したい！」

両手を握りしめて、キラキラお目々で言ってやった！

「「「ええー!!」」」

なんだよ。みんなしてブーイングかよ。仕方ないなぁ。

「いいよ。ボクは見てるよ」

ブーブー！　俺もブーイングだよ！

「殿下、それが宜しいかと。危ないですしね」

「オクも参加するの？」

「はい。もちろんです。２冠を目指しますよ」

「頑張って！　シェフもリュカもね！　みんながんばれー！」

「「「おぉーーッ!!」」」

スゲーな、めちゃヤル気じゃんか！　お遊びなのに、ガチだね。屈伸したり脚をプラプラさせたりして準備万端だ。オクソールはこっちに来る道中の腕相撲大会で優勝している。だから、今回優勝したらマジで２冠だ。

「リリ、我も負けんぞ」

「うん！　ユキも頑張って！」

みんな暇なのか？　気持ちはいつまでも子供ってヤツか？

「ボクが合図しまーす！」

「殿下、出来ますか？」

「オク、どうすんの？」

「この旗を振り下ろして下さい。で、同時にReady go!です」

「分かった。ユキも同時にスタートなの？」

「いえ、ユキは10カウントダウン後です」

「ボク、数えるね！」

「じゃあ、お願いします」

さてさて、いいかな？　スタートラインまで引いてるよ。大の大人が、超マジで鬼ごっこだ。面白すぎるぜ！　みんな目がマジだ。

「殿下、殿下！　この台に乗って下さい。殿下、ちっちゃいから！」

「リュカ！　ちっちゃいは余計！」

まあ、ちびっ子だけど。俺は旗を持って、リュカが持ってきた台にピョンと乗る。

「みんなー！　いいかなー!?」

台の上でパタパタ旗を振りながら聞く。

「「「おおッ!!」」」

いくぞ！　いくぞ!!

「レディー……ゴーッ!!」

俺はバサッと旗を振り下ろした！

——おおぉぉぉーーー!!!!

皆、一斉にスタートした！　流石にいつも鍛えているだけあって、皆早い！　とにかく距離を取ろうと、遠くまで走って行く。

「いくよー！　じゅーう！　きゅーう！　はーち！　なーな！　ろーく！　ごー！　よーん！　さ

ーん！　にーぃ！　いーち！　ユキ！　ゴー!!」

ユキが弾かれた様に駆け出した！　はえーな！　シュンッて音がしそうだ。

風を切って走るユキ。全身の筋肉の動きがしなやかで綺麗だ。

邸の裏庭いっぱいに使って、領主隊も騎士団もバラバラに逃げる！　ユキがあっと言う間に、距離を詰める！　一瞬じゃないか。さすが神獣！

ユキがスタートして数秒で、もう倒されている隊員がいる。瞬殺だ。

「あー！　ユキに倒された人は失格でーす！　戻って下さーい！」

すごすごと戻ってくる隊員達。

「キャハハハ！　逃げて！　逃げてー！」

ユキに倒されて、『おわッブフッ！』と、変な声を上げる者。『ぎゃー!!』と、叫び声を上げる者。

普段は、カッコいい領主隊や騎士団が次々とユキに倒されていく。

「キャハハハ！　アハハハ！　あー！　逃げて！」

しかし、オクソールとリュカはやっぱ獣人だ。超身軽だ！　ユキが倒そうとしても、ヒョイって避けている。これは、ウル達隊長格より若手の方が有利かな？　若い方が俊敏じゃね？

あ！　隊長のウルが倒された！　ユキが近くまで来ていたのに、気付いてなかったんじゃないか!?　軽く倒されたぞ。

「ウル、残念！」

「はい、殿下。全く気付きませんでした。足音がしないなんて反則ですよー！」

アハハハ！　悔しそうだ！

「うわ！　シェフとユキが見合ってる！」

「あー、あれはもうシェフ駄目ですねー」

ウルが言う様に、俺も駄目だと思った。

だがッ！　ユキがシェフに飛び掛かった時、シェフはなんと!!

「「ええーーッ!!」」

ウルと二人で、思わず叫んだよ！

なんとシェフは、飛び掛かってきたユキの前足を摑んで投げたんだ！

それはもう見事な背負い投げ！　しかも、追いつかれない様に遠くに投げた！

「シェフー！　カッコいいー!!」

――おおーー！

――スゲーー！

――なんだあれ!?

とっくにユキに倒されて、戻って見ていた隊員達も歓声を上げる！

しかし！　ユキも負けていない！　投げられたのに、空中でクルッと体の向きを変え、そのままシェフに飛び付いた！

――あぁーー!!

「シェフ！　残念!!」

あぁー、シェフが倒されちゃったよ！　でも、超カッコ良かった！　ビックリだよ！　まさか、ユキを投げるなんて誰が想像するよ。

投げられたユキも、空中で向きを変えるなんて一体どうやっているんだ？

「殿下ぁッ！　倒されてしまいましたぁーッ！」

「シェフ！　凄かった！　ビックリした！　超カッコ良かった！」

俺は台の上で、旗をパタパタと振りながらピョンピョン飛んで感動を伝える。

だって、本当に凄いよ。ユキを投げたんだぜ。神獣を投げるシェフ……意味が分かんない。

「ハハハ、そうですか!?　有難うございますッ！」

後は誰が残っているんだ？

「後は、オクソール殿とリュカの二人だけですね」

「ウル、そうなの？　もうみんな倒されちゃったの？」

「はい、殿下。面目ないです」

「あら……」

「あぁ！　殿下！　ユキはオクソール殿を倒す気ですねッ！」

「シェフ、本当だ！　オクソールにロックオンしてる！」

「アハハハ！　ロックオンですか!?」

ユキめ。オクソールよりリュカの方が、倒しやすいだろうに敢えてオクソールを狙っている。それだけ自信があるんだろうな。

「オク！　逃げて！　逃げてー！」

オクソールは逃げずに真正面からユキと対峙した。だが獣化していたらどうだか分からないが、人型のままだとオクソールが不利だ。

ユキが仕掛け、オクソールが躱す。何度か攻防があり、ユキがジャンプしてオクソールに飛び掛かった時だ。オクソールはヒョイと横に躱した。すると、オクソールの後ろ側にいたリュカが巻き添えを食らった。ジャンプした勢いのままのユキに、倒されてしまったんだ。

「ブヘェッ!!」

リュカ……なんて声出してんだよ。超カッコわりー。リュカって本当決まらない。

なんでそんな場所にいたんだよ。

「あぁ～！　倒されちゃった～！　はい、リュカおしまーい！」

あっと言う間に倒された。

「優勝！　オクー！　おめでとー！」

まあ、そうだろな。堂々の優勝だ。

「2位でーす！　リュカー！　おめでとー！」

はい、やっぱ獣人だね。最後はカッコ悪かったけどね。

「3位でーす！　シェフー！　おめでとー！」

もう、意味が分からん。本当に最強のシェフだ！

「みんなー、おつかれさまー！」

――おおーー!!

しかし、誰が考えたんだろうね。ユキは一応神獣だよ？　神獣！

神獣相手に、ガチ鬼ごっこなんてさ。面白すぎる。

「殿下、2冠達成です」

「うん、オク凄いや！　オクもリュカも、やっぱ早いねー」

「そうですか？　それよりも、シェフには驚きました」

「ねー！　投げちゃうんだもん！」

「あれは、我も驚いた。まさか投げるとはな」

「ほんと、ほんと。あれ？　そのシェフは？」

「はい、昼食の用意があると走って行きましたよ」

「リュカ、そうなの？　もう？」

「はい。殿下のお食事の用意を！　て、言ってました」

「ほんと、分かんない」

「ハハハハ、シェフですから」

「そうだね〜、シェフだから。アハハハ！」

俺はユキに乗せてもらって、邸に戻る。ご機嫌だぜぃ。

「リリ、何を騒いでいたんだい？」

邸に入ると、クーファルとソールがいた。

「兄さま、鬼ごっこしてました！」

「鬼ごっこ？」

リュカがクーファルに説明している。

「お前達は神獣相手に何を……勝てる訳ないじゃないか」

「兄さま、シェフ凄かったですよ！」

「え？　シェフが一番ですか？」

「ううん、ソール。優勝はオクだよ」

「だろうなぁ」

「兄さま、凄い盛り上がりましたよ。めちゃ楽しかったです！」

「そうか。リリ、それは良かった。さあ、昼食だ。食堂へ行こう」

「はい、兄さま」

今日の昼飯はなんだろなー。また和食だったら嬉しいなー。


あれから、昼食食べてお昼寝してた。ユキも小さくなって、一緒に寝ていた。

ぴょん、とベッドからおりてくる。

「殿下、大騒ぎでしたね。お昼前に邸の裏で」

「ああ、あれね。楽しかった」

「それは良かったです。邸の窓から皆見ていましたよ」

「そうなの？　全然知らなかった」

「殿下が台の上で、ピョンピョン跳ねてらして、超可愛いとフィオン様が」

フィオンよ、見るとこ違うだろ……

「殿下、起きておられますか？」

「リュカどうしたの？」

「ニルズが、また変わった魚を持って来ているのですが、殿下に見て頂きたいと言ってます」

「おっちゃんが？　ニル、ユキ、行こう」

「はい、殿下」

「何、美味いのか？」

「美味しいかどうかは、見てみないとね」

皆で調理場に向かう。小さいユキが、トコトコついて来る。まるで白い猫ちゃんだ。

「よお、リリ殿下。急にすまないな！」

「おっちゃん、全然いいよー」

「殿下、この魚なんだがな。小さいだろ？　沢山いるんだが、骨も多いし食べてなかったんだ」

俺はニルズが持ってきた魚を出して分ける。

「おっちゃん。こっちのと、これとは別の魚だよ？」

「うん。こっちはイワシ。これはニシンだね」

「お？　そうか？」

「食べれんのか？」

「当たり前じゃない、美味しいよ。小骨が多いけど」

「だよなー」

「シェフ！」

「はいぃ、殿下ッ！」

「このお魚は、頭と内臓をとってソイとお砂糖で甘辛く煮よう」

そう俺が言うと、料理長がきた。

「これはこっちでやっときます。殿下、シェフ、次を」

「そう？　じゃあお願い。料理長、臭みを消すお野菜ないかな？　そうだ、ジンジャーない？」

「ジンジャーですか？　ありますよ」

「そう、その千切りも一緒に入れて煮てほしいな」

「了解です」

　料理長が他の料理人に指示を出す。

「シェフ、このお魚ね、卵もってないかな？」

「捌いてみますか？」

「うん、お願い」

　シェフが、鱗をとってお腹をあけてくれた。

「やっぱり。この卵食べるから」

「リリ殿下、こんなのも食べれんのか？」

「うん。お魚はこのまま塩焼きにしたり、煮付けても美味しいよ。あ、三枚におろしてからフライにしてもいいかな。卵だけ別にして煮物にしてもいいな。このお魚の卵はプチプチしていて美味しいよ」

　カズノコだ。懐かしいなぁ。正月にはかかせないよな。作れんのかな？　作ったことがないから、俺は分からん。

　また別の料理人もきて二人でニシンを捌きはじめた。

「そうだ、昆布！　昆布に巻いて煮るの」

「ああ、テティが今干してるやつか？」

「そうそう。あれで巻くの」

ニシンの昆布巻きだよ。正月だ。

「殿下、この黒い貝は？」

「うわ、おっちゃん。沢山あるねー」

「おう、なんせ今迄食べてないからな。海にはまだまだいるぞ」

「本当に？　シェフ、おっちゃんこれ今食べよう」

シェフに言ってワイン蒸しにしてもらった。バジルのみじん切りも掛けてもらった。爽やかで食欲をそそる匂いだ。

「殿下、できましたよ。これで良いんですか？」

「うん。みんな、味見しよう」

大量のムール貝だ。これも前世のものより大きい。パエリアやパスタもいいよなぁ。

「いただきまーす。んッ、美味しい。濃厚だね、プリプリしてる！」

「お、美味いな！」

「殿下、これはパスタもいいですね」

「シェフ、そうなんだ。パスタも絶対美味しいよ」

アクアパッツァと、パエリアも説明しておいた。

あれ？　ニルとユキは？　と、思って周りを見たら、やっぱり食べてた。ユキは小さいまま、ニルに食べさせてもらってる。

「殿下、今日の夕食ですが」

料理長とシェフがきた。

「うん、何？」

「さっき殿下が仰っていた……」

「うん、うん。夕食はこれだね」

「はい、殿下。試しに作ってみます」

料理長が作りに行った。

「殿下！　味見して下さい！」

どこかから声がかかる。

「はーい！」

イワシが煮えたみたいだ。うん、いい感じだ。マジ、箸がほしい！　こんな時はニルだ。

「ニル！」

「はい、殿下」

「ニルお願い。これ食べたい」

「はい、分かりました」

ニルは、ナイフとフォークで小さなイワシを、器用に切り分けていく。

「殿下、あーんして下さい」

「あーーん……うん、美味しい」

「どれ、俺もくれ」

ニルズが寄ってきた。さっきまでリュカと二人で、ムール貝に食い付いていたのに。

「おー、美味いな！　骨がなかったら言う事ないのになー」

「だよねえ、おっちゃんあのさ……あーん」

また自動で口の中にイワシが入ってくる。ニル、いつもありがとう！

「ニル、食べた？」

「はい、食べましたよ」

「殿下、何だ？」

「ああ、おっちゃん。ホワイトクラーケンの小さいのいる？　普通のやつ」

「ああ、いるぜ。今朝、殿下に教えてもらった罠を仕掛けておいたら、入ってたぞ」

「あれ、開いて干してほしいな」

「干すのか？」

「うん。色が変わる位まで干してほしい……ニル、こっちも食べたい」

ニシンの煮付けも出来てきた。

「はい、殿下」

「干してどうすんだ？」

「1日や2日干したのだと、そのまま軽く炙って食べても美味しいの。お酒にめちゃ合うよ。あとね、1ヶ月位なのかな？　色が変わる位まで干したのもね、炙って食べるとまた風味があって絶対にお酒がすすむよ。白いのは、干さないで生で食べても美味しいけどね」

「そうか、酒に合うのか!?　それは楽しみだな。出来たらまた持って来るわ。干さないのも持ってくるか？」

「うん、楽しみ」

リュカとユキがめっちゃ食べてる。ユキは丸ごと、がっついてる。夕飯食べられないよ？

「殿下、味見をお願いします」

料理長がパエリアを作って持ってきた。

「いたらきます！」

あー、さすがプロだ。俺の適当な説明だけで、ここまで作るか。

俺は、魚介を炒めて生米の上にのせてコンソメスープで煮るくらいの説明しかしていないんだ。なのに、完璧な出来上がりだ。サフランはないいんだけどね。

「料理長、美味しい！　凄いね。さすがプロだよ」

「殿下、有難うございます」

「アサリも入れたら美味しいよ」

あ、リュカがやってきた。皿にパエリアを入れてもらっている。

「ニル、あーん」

「え、殿下。私は……」

「駄目。さっき食べさせてもらったから、今度はボクがニルに食べさせてあげるの。はい、あーん」

「殿下……あーん。まあ、美味しいです！」

「だよねー。貝の旨味もしっかり出ていて美味しい」

夕食に出てきたパエリアは好評だった。シェフ達がアクアパッツァも作っていて、まるで前世のどこかのお店に食べに来たみたいだ。食が豊かなのは良いよな。本当に豊かな海だ。

「リリ、もう食べないのかい？」

「兄さま、実はボク沢山味見をしたんです」

「まあ、じゃあ今日の料理はリリが考えたの？」

「いえボクは、こんな感じ～て、言ってただけです。こんなに美味しいのは、シェフや料理長や料理人達の腕です」

「殿下ぁッ！　滅相もないですッ！」

「ううん、シェフ達は凄いよー」

本当に凄い。まあ、前世で俺は結構料理はできる方だった。なんせ、俺よりうちの奥さんの方が仕事は忙しかったから、作っているうちに出来るようになった、て程度だ。しかし、前世ではレシピがあった。クック〇ッド先生が！

だからさ、うろ覚えなんだよ。確かこんな感じだったよな？　て、程度しか覚えていない。

そんな、俺のふんわりとした記憶で話すレシピで、しっかりと美味しく仕上げてくれる。素晴らしい。さすが、プロだ！

さて、翌朝だ。

「今日はルー様がいらっしゃるそうです」

「うん。転移門の修復だね」

「お着替えして、食堂に参りましょう」

「うん」

　俺は顔を洗って着替える。

「殿下、本当にご無理なさいませんように。ルー様がついておられるので、大丈夫だとは思いますが……」

「どうしたの？」

「先代の皇帝陛下の事を……」

　先代の皇帝は、スタンピードの時に転移門に魔力が枯渇するまで流し続けて兵を送った。その影響で早逝だったそうだ。

「大丈夫だよ。ボクは先代より魔力量が多いから」

　そっか。先代て知らないけど、今の俺のじーちゃんに当たるのか。

　そう考えると、代々守ってきたんだと少しは実感できる。

「ニル、大丈夫だよ。ありがとう」

　朝食を終えたら、ルーが現れた。

「リリ、元気か？」

「うん。ルー、今日はお願いね」

「ま、サクッとやっちまおう」

　軽く言うなぁ。そんな簡単な物なのか？

「リリ、何言ってんだ？　リリなら簡単だよ。本当にサクッと出来ちゃうよ」

「それなら良いけど」

「リリ、この邸の修復が終わったら、城の方の転移門も修復しような」

「うん。帰ったらね」

「いやいや、リリ。だから、ここの修復が終わったらだよ」

「え？　意味分かんない」

「だからな、こっちの修復が終わったら、僕がリリを連れて城に転移するんだよ。向こうでも、待ってるからな。それから、城の転移門を修復するんだ」

そうなのか？　そんな事できるのか？　一度に二箇所もだぞ。

「うん。リリなら余裕だ」

「なんか信じらんない」

「お前なぁ、僕を何だと思ってんだ？」

「ん～、食事を運ぶ鳥さん」

へい、お待ちー！　てな。プププ。

「リリ、酷いな！　リリの両親が、どうしてもと言うから、やってやってるんだぞ」

「そう？」

「そうだよ。親心に負けたんだよ」

「ありがとう。配達鳥さん」

「リリー！」

ハッハッハ！

「精霊よ」

「ん？　ユキ、なんだ？」

「我もリリの側にいる」

「好きにしたら良いよ」

「ルー様、もう始めるのですか？」

「ああ、クーファル。サクッとやっちゃうよ」

「私も、ご一緒しても？」

「構わないよ」

クーファルとソール、ルーとユキと一緒に邸の地下に向かう。勿論、俺はオクソールに抱っこされていて、リュカも一緒だ。

「ルー様、リリに負担のかからない様に、呉々もお願いします」

「クーファル、大丈夫さ」

「しかし、今までできる者がいなかった転移門を、修復するとなると……心配です」

「大丈夫だ。リリなら同じ転移門を、幾つも設置できるだけの魔力量がある」

「そんなにですか？」

「そんなになんだ。僕にも、総魔力量がハッキリ測れない位だ。多分、初代より多いだろう。クーファル、これは内緒だぞ」

「はい、ルー様。抜きん出た力は、狙われやすいですから」

「その通りだね」

ルーとクーファルが何か言ってる。気付かない振りしておこう。

地下に着くと、石の扉の前で、アラウィンとアスラール、側近のハイクが待っていた。

「ルー様、クーファル殿下、リリアス殿下。お待ちしておりました」

アラウィン達が頭を下げる。

「待たせたかな？」

「いえ、ルー様。とんでもございません」

「悪いけどな、お前達はここで待っていてほしい」

「ルー様、それは……」

「これからこの中でする事は、皇家の機密事項だ。辺境伯が目にする事も、口外する事も許されない」

「はッ、ルー様。畏まりました」

アラウィンとアスラールが跪いた。

そんな、大層な事じゃないだろ。さっきは、サクッととか言ってたじゃないか。

「リリ。本当なんだよ」

「ルー、分かった」

「じゃあ、行こうか」

「うん」

「ルー様、私共は？」

「ああ、オクソールとリュカもここまでだ。ソールもだ」

「はい、分かりました」

俺はオクソールに降ろされ、クーファルやルー、ユキと部屋に入る。

リュカが泣きそうな顔をして、俺を見ている。大丈夫だよ、心配すんな。

「リリ、円の中央へ」

「精霊よ、我も」

「いや、ユキは入るな」

「しかし！」

「大丈夫だ。入るな」

「……分かった」

パタパタとルーが飛んで来て、円の中央にいる俺の肩に止まった。

「ルー」

「リリ、少し集中してみな？　分かるか？」

俺は、集中する。これは……初代皇帝なのか？　設置している場面が脳裏に浮かぶ。

「うん。分かる」

「じゃあ、始めるか」

「うん」

ルーがふんわりと飛び、俺の目の前で止まる。鳥の姿から、大きな白い光に変わった。

俺は、体の中で魔力を集め凝縮し練り上げる。どんどん大きくなっていく。その光に向かって両手をかざす。光が俺を包み込んでいく。全身が光に包み込まれると、俺はかざしていた両手を天に向ける。俺を包んでいた白い光が強く大きくなる。まるで、宝石の屑を散らした様に煌く。

光に包み込まれているのか、俺自身も光っているのか、分からなくなる程の強くて白い光が11本の柱が建つ十一芒星の円いっぱいに広がり始めた。

俺はルーを感じていた。教えてもらっていないのに、どうして分かったのか？　どうして、脳裏に浮かんだのか？

初代皇帝の、残滓が分かる。俺を手伝ってくれているのか？　俺は……知っているのか？　この感情は何だ？

そのまま、意識をルーに向ける。すると、俺の両手から光が天井を抜けていき、丸い土台の床に描かれた十一芒星の様な魔法陣が光った。

光が収まっていくのと同時に、全ての柱に埋め込まれていた魔石が白く光りだした。

よし、成功だ。どんどん光が小さくなっていき、鳥の姿のルーに戻っていった。

「リリ、成功だ」

「うん、ルー成功だね」

ルーが俺の肩に止まった。

「リリアス！　なんともないか？」

クーファルが、血相を変えて駆け寄り抱き締めてきた。

「リリよ！」

ユキも身体を擦り付けてきた。大きなネコちゃんみたいだ。

「兄さま、ユキ、大丈夫だよ」

俺はニッコリ笑った。どうした？　そんなに心配だったか？

「良かった！　リリが、光に溶けてしまったかと思った」

「そうなのですか？」

「ああ。光でリリの姿が見えなくなったんだ。焦ったよ。ユキが、大丈夫だ。リリはちゃんとそこにいると、言ってくれなかったら踏み込んでいた」

「兄さま、それは危ないです。ユキ、ありがとう」

「リリ、分かってはいたが心配した」

「だから、リリなら大丈夫だって言っただろう？　楽勝だったな」

「ルー、そうなの」

「そうだろ？　リリ、何も変わってないだろ？　魔力が減ったと感じるかい？」

「ううん、全然なんともないよ」

うん、何ともないな。実際、魔力が減った感じが全くしない。

まあ、今までに魔力が減ったと感じた事がないから、分からないんだけど。

「リリ、とにかく良かったよ」

「じゃあ、クーファル。リリと皇帝のとこに行ってくるね」

「えっ？　ルー様。今からですか？」

「そうだよ、向こうで待ってるんだよ」

「そんな、休まずにですか？」

「だから、クーファル。リリはなんともないさ」

「しかし……父上は何を考えておられるのか」

「ハハハ、我慢できないんだろう？　長く使えなかったからね」

「我も行くぞ」

「ユキ、待てないか？」

「いや、行く。我はリリから離れないと言ったであろう？」

そう言ってユキが俺に寄り添う様にくっついてきた。よしよし、可愛いなぁ。

「まあ、いっか。じゃあ、クーファル、後は頼んだよ。部屋で待っていてくれるかな？　外の者達にも伝えておいてほしい。ま、直ぐには戻って来られないだろうからね」

「ルー様、どうしてですか？　やはり、体に支障が……」

クーファル、だから俺は全然大丈夫だって。

「いや、違うよ。皇帝と、リリの母上が離さないだろう、て話だ。そんなに心配なら、リリを辺境までやらなきゃいいのにさ」

「あー……分かりました。では、部屋でお待ちしております。辺境伯はもう入っても宜しいですか？」

「構わないよ。だけど、絶対に柱には触らない様にな。まだ城の転移門が壊れたままだからな。もし作動したら、どこに飛ばされるか分からないよ」

「はい、分かりました。じゃあ、リリ。行っておいで」

そう言ってクーファルは俺の頭を撫でる。

「はい、兄さま。行ってきます」

「ユキ、リリを頼む。守っておくれ」

「勿論だ」

そして、ルーとユキと俺は光に包まれて消えた。


「母さま！」

「リリ！　リリ！　会いたかったわ！」

光が消えたら、目の前に父と母達がいた。俺は思わず母に抱きついた。

「母さま！　母さまー!!　ヒック……うぇーん！　ヒグッ、母さまぁ！」

「やだ、リリ。泣かないで。お母様まで泣いちゃうわ」

5歳児全開だ。涙腺が崩壊してしまった。かなり恥ずかしい。

そして、お決まりだ。やっちまった。泣き疲れて寝てしまったよ。ニルは、向こうで心配してるだろうな。ごめんよ。俺、寝てしまったから、ちょっと戻るの遅くなっちゃうよ。

「……ん……母さま」

「リリ、起きた？」

「はい、母さま」

俺はポフンと母に抱きついた。目が覚めたら父と母が側にいてくれた。

「まあ、リリったら。リリ、ごめんなさいね。また、リリに辛い役目をさせてしまって」

「母さまは悪くないです」

「リリ、すまない。父様が悪いんだ」

「はい。だからボクは行くのは嫌だと言ったのに」

母に抱きついたままで、父を横目でジトッと見る。

「リリ、許してくれないか？　でも、リリが行ってくれたお陰で、色々発見したじゃないか」

「父さま、ルーを使って届けさせてましたね」

本当に、毎日毎日よくやるよ。ルーに悪いよ？

「リリ、だって気になるじゃないか。どれも、とても美味しかったよ」

美味しかったよじゃねーよ。この父はやっぱり呑気だ。いや、ある意味天然なのか？　ポヤポヤしているよな。

「リリ、お父様を責めないで。私もルー様にお願いしたのよ。リリの事を知りたかったのよ」

「母さま！　母さまはいいんです！」

「ええー！　リリ、父様は駄目なのかい？」

「んー……仕方ないです。父さまもいいです」

俺は父に抱きついた。仕方ない。普段の父はいつもちょっと頼りない。

「リリ、有難う。リリのお陰だ。よくやってくれた」

「父さま、ボクは何もしてません」

「いや、変化をもたらしたんだ。リリのお陰だ」

父は俺の頭を撫でた。大きくて安心する手だ。しかも、とても優しく撫でてくれる。

「あ、ユキは!?」

「リリ、我はここにいるぞ」

「ユキ、良かった。ボクの母さまだよ」

「ああ、父君に聞いた」

「リリ、凄いわね。母様、神獣なんて初めて見たわ」

「私もだよ。しかも光の神の使いと言うじゃないか。リリ、凄いよ」

「え？　光の神の使い？　ユキ、そうなの？」

「そうだ、助けて貰った時に精霊が言っていたではないか」

そうだっけ？　全然、覚えてないよ。

「さて、リリ。こっちの転移門も修復してしまおう」

「ルー、ちょっと待って」

「リリ、どうした？」

「りんごジュース飲みたいの」

起きたら、りんごジュースは欠かせないぜ。


そして俺は、父に抱っこされて城の地下に向かった。

側近のセティと近衛師団の護衛が後に続く。城にこんな装置があるなんて、知らなかった。

辺境伯の邸の地下と同じ様に、馬車でも通れる様な広さで階段の両側はスロープになっている。

そして、重厚な白っぽい石の扉があった。セティと護衛はここまでだ。

中に入ると、同じ様な魔石が嵌め込まれた石の柱がある。やはり、1本の柱の魔石だけ大きさが違う。一段上がった丸い土台に設置されている。

土台には十一芒星の様な魔法陣。柱にある魔石は光っていない。

「父さま、向こうと同じなんですね」

「そうだよ。初代皇帝が設置した物だ。父様の父上が無理な人数を転移させたから、壊れてしまった。それを、私の息子が修復するなんて思いもしなかったよ」

「父さま、母さま、直ったら一緒に辺境伯領に行きましょう。おっちゃんにも紹介したいです」

「漁師のおじさんだったか？」

「はい！　ボク大好きです」

「まあ、是非お会いしたいわ」

「はい！　母さま！」

「じゃ、リリ。いいかな？」

「うん、ルー」

俺はまた同じ事をして、転移門を修復した。前にルーと相談していた様に、今度は部隊を送っても大丈夫なようにした。だから、帰りはサクッと帰れるぞ。

「リリ、素晴らしい」

「ええ、本当に。母様、ずっと忘れないわ」

母に抱き締められた。柔らかくて温かい。

「大丈夫なの？　なんともない？」

「はい、母さま。大丈夫です」

「リリ、有難う。改めて礼を言うよ」

「父さま、これでいつでも行けますね」

「ああ。そうだな。じゃあ、早速行こう」

「え？　陛下？」

「さあ、エイルも行こう。セティ！」

「はい、陛下」

控えていたセティが入ってきた。

「ちょっと行ってくるよ」

「陛下、必ず今日中にお戻り下さい」

「ああ、セティ。分かっている。頼んだよ」

「はい、陛下」

「やった！　父さま、母さま！　行きましょう！　ルー、ユキ早く！」

「もう、仕方ないなぁ」

「ルー様、行きますよ。リリ、いいかな？」

「はい！　父さま！」

父が魔力を流したのだろう。柱に嵌め込まれているすべての魔石から白い光が放たれ、丸い土台に描かれた十一芒星の魔法陣が光った。強い光で目の前が真っ白になる。そして……

「陛下!?　リリアス殿下！」

光が消えたら、もうそこは辺境伯邸の転移門だった。オクソールとリュカが待っていた。

「オク、リュカ！　待っていてくれたの？」

「はい！　気になって、離れられませんでした。殿下、ご無事で良かったです」

「陛下、エイル様、殿下」

「オクソール、辺境伯はいるかな？」

「はい、部屋で殿下をお待ちです。リュカ、知らせてきてくれ。ああ、クーファル殿下とフィオン様とニル殿にも」

「はい、分かりました！」

リュカが走って行った。父に抱っこされて、地下から1階に上がり応接室に入ると、アラウィンとアスラールが走ってやってきた。

「陛下！」

「ああ、アラ。また突然来てしまったよ」

「リリアス殿下、ご無事で！」

「アラ殿、ありがとう」

「辺境伯、リリアスがお世話になります」

「エイル様、とんでもございません！　申し訳ございません。まだお小さい殿下にお辛い思いを！」

アラウィンとアスラールが頭を下げた。

「辺境伯、仕方のない事です。それより、夫人は大丈夫ですか？」

「はい、有難うございます。もう、落ち着いております」

「そう。お会いしたいわ。宜しいかしら？」

「勿論でございます！　ご案内致します」

「陛下、構いませんか？」

「ああ、エイル。行っておいで」

「父上、私がご案内致します。エイル様、長男のアスラールと申します」

「まあ、お話しするのは初めてね」

「はい。お見知り置き下さい。どうぞ、ご案内致します」

「リリ、母様は少し夫人をお見舞いしてくるわね」

「はい、母さま」

あ、クーファルとニルがやってきた。ソールとリュカもいる。

「リリ！」

「兄さま、ただいま！」

クーファルに抱き上げられた。

「殿下、ご無事で良かったです！」

「ニル、ありがとう！　あのね、母さまも一緒に来たの！」

「まあ、そうなのですか!?　じゃあ、もう転移門は直ったのですね？」

「うん！　帰りはあっと言う間に帰れるよ！」

「まあ！　それは助かりますね！」

「クーファル、変わりないね」

「父上、早速来られたのですか」

クーファルの父を見る目が冷たいぞ。ちょっと呆れられているぞ。だって修復して即行だもんな。

「クーファル、お前はいつも冷たいね。おや、フィオンはどうした？」

「リリ！　父上！」

パタパタと慌ててフィオンがやって来た。

「フィオン、元気そうだね」

「父上！　リリに危ない事をさせないで下さい！　父上はいつもリリに無理を言って！」

「あー、フィオン。大丈夫だ。ルー様もついていて下さる」

「だからと……」

「あー、姉さま、ありがとうございます。ボクは大丈夫です。それより、これでいつでもこちらに来る事ができますよ」

「リリ、心配したわ」

あ、アルコースがやってきた。

「姉さま、アルコース殿が来ましたよ」

「え？　えっと……」

「ん？　次男かな？」

「はい、父さま。次男のアルコース殿です。姉さまがお世話になってます」

ヘッヘッヘッ。言ってやった。

「おや、フィオンがかい？」

「はい、父さま」

「リリ、やめて！」

「フィオン様、リリアス殿下？」

「アルコース殿、紹介します。父さまです」

「フィオンが世話になっているそうだね。有難う」

「陛下！　お初にお目に掛かります。次男のアルコースと申します」

「確か、フィオンの一つ上だったか？」

「はい、同じ学園でした」

「そうかい。ああ、思い出した。卒業式でフィオンが泣いた……」

「父上！　止めて下さい！」

フィオンが耳まで真っ赤にして慌てている。

俺はニルが出してくれた、りんごジュースを飲んでいる。ニマニマしながら。

「リリ、またりんごジュースか？」

「うん、ルーも飲む？」

「いや、いいよ……て、ユキもか!?」

「ん？　美味いぞ？」

「失礼致します。殿下ッ！　お昼は食べられましたかッ!?」

あ、シェフが来た。そうだ、俺寝ていたから食べてないぞ。

「へ、陛下！　失礼致しましたぁッ！」

シェフが父を見てびっくりしてる。

「シェフ、いつも美味しい食事を有難う」

「とんでもございませんッ！」

「シェフ、ボクお昼食べてないや」

「なんとぉッ!?　それはいけません！　殿下、食べられますか？」

「うん。軽めでお願い」

「畏まりました。少々お待ち下さい！　では、陛下。失礼致しますッ！」

ピュ～とシェフが戻って行った。ブレないねー。


「リリ……」

「ん？　ゴクン……ルー何？」

「美味いか？」

「うん……」

俺はシェフが作ってくれたパスタを食べている。ちゅるちゅると。

アサリやムール貝がたっぷり入った、魚介のクリームパスタだ。

「無心だな」

「………」

「ユキ……お前もか」

「美味いぞ」

「良かったな。似た物同士か」

何故かルーが呆れて見ている。なんでだよ？　美味いぞ？

「ルー、食べる？」

「いや、僕はいいよ」

「リリ、お腹空いてたのかな？」

「父さま、ボクお昼食べそこねたのです」

「ああ、泣きつかれて寝ていたからね」

「……」

「リリ、無心だね」

「シェフ、おかわりが欲しい」

ユキ、もう食べたのか!?

「ユキ……城でも肉を食べただろう？」

えッ!?　いつの間に食べてたんだ？

「父君よ、シェフの料理は美味いのだ」

「そう、良かったね」

父まで呆れている。なんでだ？

「リリは、転移門を修復するなんて、大変な事をしたのになんともないのかい？」

「父さま、何がですか？　シェフ、ごちそうさま、おいしかった！」

「はいッ、殿下！　ユキ、足りましたか？」

「ああ、シェフ。美味かった」

「はい。では、陛下、殿下。失礼致しますッ！」

さっさと片付けて、シェフは満足気にワゴンを押して部屋を出て行った。マイペースだ。

「殿下、りんごジュースです。ユキも、どうぞ」

「ニル、ありがとう！」

「ニル、かたじけない」

ニルは、本当によく気のつく子だよ。

「オクソール、リリとユキはいつもこんな感じなのか？」

「はい、陛下。まあ、だいたいこんな感じですね」

「そうか。リリ、今日は凄い事をしたんだよ。分かっているかな？　転移門をここと、城のと修復したろう？」

「はい、父さま。便利になって良かったですね」

「ハハハ。皇帝よ、無駄だ。リリは何とも思ってないさ」

「ルー様、そうみたいですね。心配したのですが」

「だから、リリの魔力量なら余裕だと言ったろう？」

「それでも心配でしたわ。何が起こっても、不思議ではないのですから」

「姉さま、ありがとうございます。大丈夫です」

「リリ、無事でよかったわ」

「ああ、本当に。無事で良かった」

「父さま、兄さま。凄いのはボクではなく、最初に設置した初代の皇帝陛下が凄いのです。ボクは、ルーの力を借りて、少し直しただけです」

「リリ、何も感じなかったか？」

「ルー、何？」

「いや、前に言ったろう？　リリは反応しやすいからと」

「ああ、なんかね。懐かしい感じがした。初代皇帝陛下の、残滓は分かったよ」

「そうか！　リリはやっぱ凄いな！　残滓が分かったのか！」

　残滓だけじゃないんだけどな。何か見えたんだが……忘れちゃったぜ。

「ルー様？」

「ああ、皇帝。あの転移門にはな、設置した時の初代皇帝の魔力の残滓が少しだけあったんだ。630年前の魔力の残滓だよ。まさか、それを感じるなんて。本当にリリは想定の上をいくよ」

「ルー様、以前の様に引っ張られたりはしないのですか？」

「それが心配だったから、前にリリが転移門に近付いた時は止めたんだ。だが、もう大丈夫だ。残滓は消える事なくまだあるが、リリの魔力の方が多いからな。ああ、そうだ。定期的に魔力を込めないと駄目だよ。リリの役目だ」

「うん。ルー、分かったよ」

　そうこうしているうちに、母が戻ってきた。

「陛下、お待たせしました」

「母さま！」

俺はまた母に抱きついてしまったぜ。

「リリ、お待たせしたかしら？」

「母さま、大丈夫です」

「ああ、リリはパスタを食べていたからね」

「陛下、パスタですか？」

「はい、母さま。ボク、お昼を食べそこねていたので、シェフが作ってくれました」

「それは良かったわ。シェフの料理は美味しいものね」

「はい、母さま」

「それで夫人はどうだった？」

「ええ、陛下。大丈夫です。お元気でしたわ。気持ちも吹っ切れた様です」

「そうか、なら良かった。じゃあ、クーファル。転移門も直ったことだし、明日にでも戻ってくるかい？」

「父上、準備ができ次第戻ります」

「そうか。これからは、いつでも来られるからね。ね、フィオン」

「え？　父上、何ですか？」

フッフッフッ。ニマニマしてしまうぜ。

急だったから、父と母は直ぐに城に帰って行った。

あー、なんだかなぁ。中途半端に会ったからかな？　なんだか寂しいぞ。

「リリ、城に帰る準備をしよう」

「はい、兄さま」

「フィオンもね。いつでも来られる様にはなったが、心残りのない様にね」

「兄上……」

「大丈夫だ。ちゃんと話しておきなさい」

なんだ、なんだ？　なんだか、意味深だな。

「クーファル殿下、では早速ですが明日準備をして、明後日開催致しますか？」

「オクソール、そうだね。ああ、まだ駄目だった。明後日は薬師のテストがあるんだ。だから、準備はその後だね。皆に伝えてくれるかな」

「はい、畏まりました」

ん？　こっちも何だ？　俺、全然分からんぞ。

「そうか、リリは知らないか？」

「兄さま、何ですか？」

「初代皇帝が開催してから、騎士団が地方に遠征した時の名物になっているんだ」

クーファルの話を聞いて、驚いた！　要するに……騎士団ｖｓ領主隊の3種競技大会だ。

まず一つ目が、綱引き。

今回、騎士団はクーファルの第2騎士団から、30名しか来ていない。

領主隊からは騎士団と同じ人数が選ばれて、綱引きだ。

二つ目。玉入れ。

と、言っても普通の玉入れじゃない。騎士団と領主隊から、各2名が玉を入れる籠を背負って逃げる。それに玉を2個ずつ持った、残りの隊員達が追いかけながら玉を相手の籠に入れる。

要するに、追いかけっこしながらの玉入れだ。

三つ目。紙風船割り。

これまた普通に紙風船を割るのではない。フワフワしたおもちゃの剣の様な物で、相手の両手首につけた紙風船を割る。騎士団30名全員参加だ。領主隊からも30名選ばれる。ああ、違った。騎士団は30名だが、オクソールとリュカとシェフも参加するらしいので33名だ。

第8章 ケイアⅡ

テストまでの2日間、チラホラと領地内から薬師希望の者達が集まり始めた。女性も何人かいる。見ていると若い人が多い。領主邸の薬師になると収入が安定する。と、いう事は生活が安定するんだ。良いチャンスだと思っているのだろう。

――コンコン

「殿下、宜しいでしょうか？」

レピオスが手に書類を持ってやって来た。

「レピオス、どうしたの？」

「テスト問題なのですが、2問だけ用意しました。見て頂けますか？」

「ボクが見ていいの？」

「もちろんです。殿下のご意見をお聞かせ頂きたいのです」

「分かった」

レピオスが持ってきた、テスト問題。

一つは……症状が、のどの痛みや鼻水に鼻づまり、くしゃみや咳。突然の発熱、頭痛、関節痛や筋肉痛、倦怠感。下痢や食欲不振。

もう一つは……全身に剣等での切創。打撲。出血有り。意識消失状態。

それぞれの治療方法、診断理由を答える。

うん、良いんじゃないか？　内科的治療と外科的治療。

レピオスが以前に教えてくれた、治癒魔法やポーションに頼り過ぎない、患者の治療後の生活も考える。そこを見たいんだろう。

「うん。レピオス、良いと思う。あと、ポーションも作ってもらうんだよね？」

「ええ。自分が作れる中で一番上位のポーションを、作ってもらいます」

「うん。ボクはいいと思う。アラ殿にも確認してもらってね」

「はい、殿下」

「いい人材が集まると良いけど」

「そうですね。今の薬師達では、いざと言う時に対応しきれるかどうか少し不安ですから」

「え？　レピオス。そうなの？」

「はい。ハイポーションをなんとか作れるかどうかと言う状態です」

「今まで何もなくて良かったよ」

「はい、本当に」

魔物の討伐が当たり前のこの領地なのだから、最低限ハイポーションは作れる様になって欲しいものだ。

結局、応募してきたのは23名。領地の彼方此方から集まってきた。女性がたった3名か……少ないなぁ。

さあ、テスト当日だ。先ずは、レピオスが作成したテストを受けてもらった。

まとめ役を決める件も兼ねているので、今いる薬師達も同じテストを受けている。治療方法を記入する、筆記テストだ。

テストが終わって、俺とレピオスはその解答用紙を見ている。その間にポーションを作ってもらうというわけだ。

「うん、なかなか良いよね？」

「はい、殿下。想像以上ですね」

今、薬師として従事している者達の解答も、なかなか良い感じだ。皆、ちゃんと完治した後の事も、視野に入れている。

良いんじゃないか？　テストを受けに来た者の中には、まあ、駄目なやつもいるが。そんなやつは撥ねていく。

「殿下、レピオス殿。名前を見ると、以前辞めた者が受けに来ていますね」

そう言っているのは、一緒に解答用紙を見ているアスラールだ。

「アスラ殿、それはケイアが辞めさせた者ですか？」

「恐らくそうだと思います」

「アスラ殿、誰ですか？」

「女性が3名おりますが、その内の一人です。アイシャ・ピオネールですね」

俺とレピオスは解答用紙を見た。

「え、完璧じゃん」

「ええ、殿下。完璧ですね」

投薬方法も薬湯の内容も、回復魔法を使用する場合も、万が一悪化した場合まで想定して解答している。ハナマルをあげたくなる様な解答だ。

「なんで辞めたんだろう？」

「殿下、薬師達が言っていたアレではないですか？」

「レピオス、自分より出来る者を辞めさせる、てやつ？」

「はい。イジメたり、嫌味を言ったりでしたか？」

「そうなの？　ボク、具体的に何をしたかは知らなかった」

「殿下、このアイシャはまだ20歳過ぎだったかと」

「アスラ殿、知ってるの？」

「はい。薬師として邸におりましたから」

「そうだった」

「確か……アスラール様に、色目を使っているでしたか？」

「レピオス殿、そんな事を言われていたのですか!?」

おや、これはアスラールも知らなかったのか。

「はい。薬師達が話していた者なら、そうだと思います」

「信じられない！」

「アスラ殿？」

「いいえ、殿下。実はこのアイシャは三姉妹なのです。一番下の妹が、アイシャより2歳下で私と同い年です。子供の頃に、よく一緒に遊びました。ケイアもそれを知らない筈がありません」

「あー、アスラ殿。だから、余計に気に食わなかったのかも知れないね」

「私達家族は、一体どれだけの領民に迷惑をかけていたのでしょう。今更ですが、情けなくなってきました」

アスラールが肩を落とす。

「アスラール様、だからこそ今回はしっかり改善しませんと」

「レピオス殿、そうですね。そうだ。これから改善するんだ」

さて、ポーションが出来てきたらしい。俺達のいる部屋に運び込まれてきた。

「殿下、お願いできますか？」

「うん。レピオス、分かった」

俺は目の前に、並べられた、ポーション系回復薬を見つめて鑑定する。

「ハイポーションが1／3だね」

ハイポーションを選んで、横に寄せて並べる。先ずはポーションから見てみよう。

「ポーションの中で一番効果が高いのは……これだ」

俺は一つの、ポーションが入った容器を手に取る。容器に番号札がぶら下げてある。

「ああ、これは今いる薬師の物ですね」

レピオスが、ポーションの容器の番号と、名前を照らし合わせる。

「あとは悪くもないし、普通だね」

レピオスが番号を確認している。

俺は、ハイポーションを見る。

「ハイポーションは、これだ。ハイポーション以上はいないのかな？」

俺はもう一度、並べられた容器を見る。

「あ、これ」

俺は、一つの容器を手に取った。

「殿下？」

「これ、おしいな。薬草を加えて、もう少し魔力をしっかり通したら万能薬も作れそうだ」

「殿下、そうですか」

「うん、加える魔力量をアドバイスしてあげたら、もう作れるんじゃないかな？」

「なるほど。この番号は……殿下、アイシャです」

「レピオス、そうなの？」

「優秀な人材を……なんと言う事だ……」

アスラールが、またガックリ肩を落とした。

多分ケイアに辞めさせられただろう人物が優秀だったんだ。いや、優秀だったからなんだろう。

すべて見終わった。思っていたより、良い感じなのでそれは良かったのだが。

「今いる薬師達は、皆悪くない。むしろ、ケイアの下にいたのに、よく歪まないでいてくれたよね。勉強もしている様だし、いいんじゃないかな？　アスラ殿、どうかな？」

俺はアスラールに振ってみる。何か考え込んでいるか？

「は、はい。殿下。今いる薬師達には、面接はしないのですよね？」

「アスラ殿、どうしたいですか？」

「殿下……私は話がしたいです。もし……殿下とレピオス殿が許して下さるのなら……皆一緒で良いので、立ち会って頂けませんか？」

それは良いんだが……

「アスラ殿、レピオス。面接が終わったら、合格者の皆を集めて少し話をしませんか？　あ、もちろん、アスラ殿が言っていた薬師達に話をするのも賛成です」

「殿下、宜しいのですか？」

「うん。ボクは構わない。アスラ殿が言っていた、今残ってくれている薬師達に話をする事は、むしろ必要な事だと思うよ」

「殿下、有難うございます！」

「アスラ殿、本当によく残ってくれていたと思うよ。ケイアがしていた事を知れば知る程、そう思う。だから、話をしよう」

「では、殿下。面接する者ですが」

「レピオス、ボクは全員と面接したい」

「殿下、それは……」

「だって全員と言っても、たった23名だよ。10分でも良いんだ。面接したい」

「殿下、そこまでして頂く訳には……」

そうじゃないんだ。俺はアスラールに考えを話した。勘違いしてはいけない。万が一、30年前みたいにスタンピードが起こったとする。そうしたら、領主邸にいる薬師達だけでは、手が足らなくなるかも知れない。そんな事がなくても、領民達が普段頼るのは街の薬師達だ。だから俺は薬師達の意識を確認したいんだ。

　この領地が魔物に蹂躙されたら、帝国全土が危ない。自分達薬師の役割が、どんなに大切か分かっておいて欲しいと。

「だからね、帝国第5皇子として面接したい」

「リリ、よく言った」

「兄さま！」

　いつの間にか、クーファルが部屋のドアのところに立っていた。

「兄さま、声をかけて下さい」

「ハハ、悪いね。リリが喋っていたから、聞いていたんだ」

「もう、黙って聞くなんて。ズルいです」

「リリ、ごめんよ。でも、リリの言う通りだ。リリがそう言うという事は、危なっかしい者もいると言う事かな？」

「はい。兄さま。残念ながら、そうです」

　そうだ。明らかに、領主邸の薬師になれば給金も良いだろう、楽できるだろう、カッコいいだろう、て感じに思っているだろう者がいる。それは、駄目だ。あと、俺様は凄いだろう。て、考えている者も駄目だ。早いうちに、意識を変えさせたい。

「クーファル殿下。しかし、リリアス殿下にばかり頼るのも。もう私達は、大変ご迷惑をお掛けしているのです」

「アスラール殿、そこだ」

「クーファル殿下？」

「だからリリが敢えて、帝国第5皇子としてと言ったんだ。サウエル家の為だけではなく、辺境伯領の為にするんだ。それは、帝国の為だ。分かるかい？」

「クーファル殿下、有難うございます」

うん。クーファル、流石だよ。やっぱ、なんか威厳があるよな。俺とは大違いだ。

「じゃあとりあえず、領地から受けに来た者の面接を始めよう。私も立ち会うよ」

「兄さま、いいのですか？」

「ああ。リリに全部任せてしまったら、兄さまの立場がないじゃないか」

クーファル、そんな誤魔化さなくても……あれだろ？　俺はまだ子供だから、舐められない様についてくれるんだろ？　クーファル、良い奴だよ！　つい、ニマニマしてしまう。

「兄さま、有難うございます！」

「もう、リリには敵わないね」

レピオスとアスラールと一緒に、合格ラインの者とそうでない者を確認する。

知識や技術が合格ラインでも、実際に面接してみて駄目な場合もある。

「では、クーファル殿下、リリアス殿下、アスラール殿。宜しいですか？」

合否の者を確認して、さあ、面接だ。

「あ、兄さま」

「ん？　リリどうした？」

「お腹がすきました」

「ああ、殿下。お昼ですね。面接は午後からにしますか?」

「うん、頑張る」

「そうだね、リリはお昼寝があるからね」

そうだ。5歳児にはお昼寝は大事!


「……ふわぁ……あっ! ニル、寝ちゃった……!」

「はい。寝てしまわれましたね」

「あー、午後から面接だったのに」

「殿下、りんごジュースをどうぞ」

「うん、ありがとう」

ユキが大きなまま、横にきた。

「ニル、我も」

「はい。ユキ、どうぞ」

おいおい、りんごジュースを入れる器じゃないぞ。まるでスープじゃないか。

「ユキ、凄いね。りんごジュースに見えないや。量が多くて……」

——コンコン
「殿下、起きられましたか?」

レピオスがやって来た。待たせちゃったよな。

「うん。レピオスごめんなさい。寝ちゃった」

「はい。想定してましたから、大丈夫です。面接も待ってますよ」

げっ！　めちゃ悪いじゃんか！

「ごめん、直ぐ行くよ」

俺は慌ててりんごジュースを飲む。

「殿下、慌てなくても大丈夫です。受けに来た者達も、昼食を食べてゆっくりしてますから。大丈夫ですよ」

「本当？　ありがとう。じゃあ、ニル。行ってくる」

「はい、殿下。頑張って下さい」

俺はレピオスと部屋を移動する。

「レピオス、兄さまは？」

「はい。アスラール殿が呼びに行っておられます」

「そう。兄さま、優しいね」

「そうですね。殿下、分かっておられましたか？」

「そりゃ分かるよ」

「良い兄上です」

「父さまが頼りない分、兄さま達は頼りになるね」

「おや、殿下。それは言ってはいけません」

ゲフンゲフン……

「ねえ、レピオス」

「はい、殿下」

俺とレピオスは、面接する部屋に移動中だ。

「最初に皆の前で、ボクがポーション作るよ」

「殿下、ポーションをですか？」

「うん。皆上手に作っているけど、多分、魔力操作がイマイチなんだ」

「イマイチと申しますと？」

俺はレピオスに1対1で教えてもらった。それこそ、基礎中の基礎から全部細かく丁寧にだ。それだけ俺がレピオスの医局に入り浸っていたって事でもあるんだけど。だから、細かい魔力操作とかもバッチリ教えてもらえたんだ。ポーションならこれだけ、ハイポーションならもう少し、万能薬ならもっと、て必要な魔力量を分かっている。

そんな俺の眼でみた受験者が作ったポーションは雑でとても斑《むら》があったんだ。皆、なんとなくで魔力を流して作成しているんじゃないかと思うんだ。

鑑定眼で見る事ができる俺だからこそ分かった事なのかも知れないけど。

「殿下はそう思われたのですか？」

「そう。バラつきがあり過ぎた」

「そうですか。普通は、師と思える者に教わるのですが」

「レピオスはボクの師匠だからね」

「また殿下、それはやめて下さい」

「まあ、いいけど。だからね、皆の前でポーションから万能薬まで作るよ。そう時間はかからないから、いいでしょ?」

「それはとても良い事だと、私は思います。では、クーファル殿下とアスラール殿にお話ししてから、私は薬草を準備致しましょう」

「うん。レピオスお願い」

そうして、俺は受けに来た皆の前で実際にポーションを作る事にした。


「では、皆さん。前から順に座って下さい」

ソールが手伝ってくれている。助かるねー。有難う。

「宜しいですか? では、皆さん。ご存知ない方もおられるでしょうから、ご紹介致します。一番奥から、クーファル第2皇子殿下、リリアス第5皇子殿下、アスラール様、レピオス皇宮医師です」

部屋の中に通されて、座っていた者達に緊張が見える。まさかこの場に皇子が出てくるなんて思いもしなかっただろう。

「これから、お一人ずつ面接致します。その前に、リリアス第5皇子殿下が実際に皆さんの目の前でポーションを作成して下さいます」

緊張でか、室内はシーンとしていたのに、ざわめき始めた。

子供の俺がポーションを作るのが、そんなに珍しいか?

「お静かに。宜しいですか? では殿下、お願い致します」

ソールに振られて俺は前に出る。部屋にいる受験者を見回した。

「皆さん、今日はお疲れ様でした。ボクはリリアスです。皆さんの作ったポーションを拝見しました。少し、魔力操作に迷いがある様な印象を受けたので、実際にこういう物だと確認してもらう為にこの場を設けました」

また、ざわつき出す。

「子供に出来る訳がない……」

「え？　皇子殿下が？」

など、声が聞こえてくる。当然の反応だろう。だって俺はまだ5歳なんだから。

「今、子供と言ったのは誰だ？」

あー、ほら。クーファルが反応しちゃったよ。クーファルの一言で、シーンとした。

「よいか。リリアスは皇子だ。分を弁える事だ」

「兄さま、ありがとうございます。じゃあ、まずポーションから……」

俺は込める魔力量を説明しながら、ポーションを作った。ハイポーションも、サクッとな。

「ポーションに必要な魔力量は分かったかな？　じゃあ、最後。万能薬です」

またざわめきだした。

「万能薬なんて……」

「嘘だろ……」

また、クーファルが口を出そうとした時だ。

「静かにしてちょうだい！　殿下、私もう少し前で拝見させて頂いても、宜しいでしょうか？」

見ていた者の中から一人が手を上げて言った。しかも女性だ。

「構わないよ。見たい人は前に出てきてもいいよ」

「有難うございます！　では、遠慮なく！」

その女性は一番前の席を通り越して、俺の目の前でしゃがんだ。

「えー……そこ？」

「はい、殿下。しっかり見たいので！　万能薬を作るところを見られる機会なんてありませんから！」

「君、名前は？」

「はい！　私はアイシャ・ピオネールと申します」

さっきアスラールから聞いていた人だ。ストレートの金髪に茶色の瞳の、快活そうな女性だ。この場でこんな行動ができるなんて、度胸もある。

「ああ、君が。君のハイポーション惜しかったよ」

「殿下！　本当ですか？」

「うん。もう少し、魔力操作をうまくやれば万能薬だって作れるよ」

「万能薬！　頑張ります！」

「ハハハ、見ていてね。参考になれば良いけど」

「はい！　有難うございます！」

それから、我も我もと皆前に寄って来た。

「前の人はしゃがんで下さい。後ろの人にも、見える様に」

ソールが慌てて注意してくれる。

「皆、魔力を込められるだけ込めている感じなんだ。そうじゃないんだよ。よく、見てね。今魔力を込め始めたけど、少し微妙に色が違ってきてるでしょう？　このまま魔力を込めると抵抗があるんだ。一気に沢山込めるんじゃなくて、少しずつ丁寧に魔力を馴染ませる感じだ。はい、これで万能薬だ」

「凄い……」

「え、もう？」

「俺なんて、ポーション作るのでももっと時間がかかる」

皆、それぞれ思う事があるんだろう。

「今、自分はもっと時間がかかると、思った人……」

俺は皆を見渡す。一人の男性が手を上げた。

「俺……あ、私です。いつももっと時間がかかります。なかなか魔力が入ってくれないのです」

「それはね、最初からいきなり全力でガツンと魔力を込めようとするからだよ。もっと優しく、最初は少しずつ様子を見ながらやってみて。魔力が馴染みだしたら早いから」

「はい！　有難うございます！」

ソールを見て合図する。

「では、皆さん。控室に戻って下さい。お一人ずつ、お呼びします」

すると、一番前で見ていたアイシャが……

「殿下、有難うございました！　これを見せて頂けただけでも、今回応募した甲斐がありました！」

「私もです！　有難うございました！」

「有難うございました！」

　バラバラと彼方此方から声がかかる。皆、確実な事が分からないまま作っていた事もあるのだろう。これが、一つの指標になってくれたらいいなと思う。

「良かった。じゃあ、面接を始めるから。名前が呼ばれるまで、待っていて下さい」

　うん。俺の掴みはＯＫだろう！


「リリアス殿下！　どうか、私を弟子にして下さい！」

　面接で開口一番に、アイシャが言った。

「ええー！」

　これは俺がビックリした声ね。そりゃ驚くよね。だって突然『弟子に』なんて言うんだから。

「アイシャ、とにかく座りなさい」

　アスラールが収めようとしてくれる。

「アスラール様は黙っていて下さい！　この機会を逃したら、もうリリアス殿下にお会い出来る機会なんてないんですから！　リリアス殿下！　どうか私を！」

「あー、アイシャだっけ？　座ろうか、面接を始めよう」

「アイシャ、座りなさい。落ち着いて」

　アスラール、頼むよー。アイシャがやっとおとなしく座った。

俺、ハートをガッチリ摑み過ぎちゃったか？

「レピオス、おねがい」

「はい、殿下。アイシャ・ピオネール。志望動機を教えて下さい」

「はい。ご存知だと思いますが、私は以前こちらに仕えておりました。一度は辞職致しましたが、募集されていると知って、もう一度領主隊の方々のお役に立ちたいと思い志望致しました」

「アイシャ、辞めた原因を教えて欲しい」

アスラール、はっきりさせたいよな？

「アスラール様や、辺境伯様御一家はご存知ないでしょう？　ケイア様のされていた事を。私は許せなくて、最初は抵抗しました。でも、あの人は普通じゃないんです。自分の殻に閉じこもってい て……そんな人を相手にするのも、それを気付こうともしない御一家にも……と言うか、もう何もかも面倒になってしまいました。それで、辞職しました」

あー、よっぽどだわ。しかし、面倒になったなんて……なかなか強い人なんじゃないか？

だって、ケイアにイジメられて傷付いて、て感じの言い方じゃないよな？

「アイシャ、どんな事をされたんだ？」

「アスラール様、もう彼女はいないのでしょう？　今更、言っても仕方ないです」

おっ？　なかなか良いじゃないか。もう割り切ってるじゃん。

「アイシャ、知りたいんだ」

「アスラール様、これは面接でしょう？　まぁ、いいですけど。彼女はアスラール様と、私の妹が仲が良いのを知ってました。それで、私とも特別な関係だと。アスラール様に言い寄って、次期辺境伯夫人の座を狙っていると。自分が辺境伯夫人になるから、絶対にそんな事はさせないと、言われました。そう、グダグダとネチネチと、それはもう毎日しつこく。それでもう相手をするのも馬鹿らしくなって。ここでは、まともに薬師の仕事も勉強も出来ないと思い、それで辞めました」

あー、やっぱりそうなんだ。

「アイシャ、すまない。私達が気付けなかったから、君達に迷惑をかけた」

「私だけではありませんよ。皆、何かしら言われてました。奥様に対しての彼女の仕打ちは見ていられませんでした。私達は逃げる事もできます。でも、奥様はそうもいきません。本当にお気の毒でした」

「そうか……」

ま、言葉もないよな。実際にあんな事になってしまったし。それはそれとして、今回のテストだ。

「アイシャ、君の治療方法やポーションも良く出来ていたよ。よく、勉強しているね」

「リリアス殿下！　有難うございます！　どうか私を……」

「待ちなさい」

「兄さま」

「まったく君は、優秀なのにどうしてそう……」

クーファルが片手を額に当てて、少し呆れている。こんな表情のクーファルも珍しい。

「え？　だってクーファル殿下、リリアス殿下が素晴らしくて、つい！」

「リリは皇子なんだ。そこを考えなさい。皇子に弟子入りなんて有り得ない。君はもう少し落ち着く方が良いね」

「申し訳ございません！」

アイシャがガバッと頭を下げた。猪突猛進っぽいところがあるのかな？

「あー、アイシャ。ボクもまだレピオスに、教えてもらっている立場なんだ。だから、もしボクが皇子でなくても弟子入りはないよ」

「レピオス様にですか？」

「うん。レピオスはボクの師匠だからね」

「殿下、また。どうかそれは……」

「レピオス、本当なんだからいいんだ。だからアイシャ、君はもう一度この領地の為に働いてくれるの？　この領地で辺境伯に仕えると言う事は、どういう事か分かっている？」

「はい。もちろんです。この領地が倒れると、帝国全土に影響を及ぼします。それを支えているのが、領主隊の皆さんです。討伐に出られる時は少しでも安心できる様、出来る限り万全の準備で送り出したい。もし怪我をされたなら、少しでも早く、少しでも後遺症がない様、治して差し上げたい。そう思っております。それが、皆の日々の生活を守る事に繋がると信じております」

うん。完璧じゃないか。

「でも、君は一度辞めている」

クーファル、意地悪だな。

いや、覚悟を知りたいのか？

「はい。クーファル殿下の仰る通りです。私は一度諦めました。逃げたのです。逃げて、落ち着いて考えれば……あの時、勇気を出してアスラール様や領主様にお話ししていればと思いました。逃げる事しか出来なかった自分が、情けなくて……落ち込みました。後悔もしました。ですから！　もう私は逃げません！　私も一緒に戦います！　なんでしたら、討伐にだってついて行きますよ！」

あれ？　何か違ってきたぞ？　元気な人だな。

「ハハハ！　アイシャ、討伐には行かなくていいさ」

「アスラール様、それ位の気持ちだと言う事です！　恥ずかしいですから、笑わないで下さい！」

決まりだな。物怖じしないところも良い。何より、この地での薬師の役割をよく理解している。

「アイシャ、よく分かった。では、部屋で待っていなさい」

「はい、分かりました。どうか、宜しくお願いします！」

最後に一礼して、アイシャは部屋を出て行った。

「リリ、驚いたね」

「はい、兄さま。もう、ビックリしました」

「だが、彼女。良いんじゃないか？」

「クーファル殿下。そうですね」

「はい、私もそう思います」

クーファルやアスラールだけでなく、レピオスもアイシャは良い感じに受け取っている。

「では。次を呼びますよ？」

「ああ、ソール頼む」

ソールに呼ばれて、大人しそうな男性が入ってきた。茶髪を後ろで一つに編んで結んでいる。茶色の瞳の、線の細い男性が俯き加減で入ってきた。アイシャと同じ位の年か？

「名前と、志望動機をお願いします」

レピオスが尋ねた。

「はい。レイリ・マカオンと申します。領都で薬師をしております。お触れで今回の募集を知り、応募致しました」

あれ、そんだけ？　アッサリしてるね。目線も合わないな。

「レイリですか。既に領都で薬師をしているのなら、わざわざ何故こちらに？」

レピオスの質問はもっともだ。

「その……」

……ん？

「えっと……」

……んん？

「はぁ……」

……んんん？

俺はレイリの解答と、ポーションの資料を見る。

あれ？　どっちもちゃんとしてるじゃん。どうしてそんなに目が泳いでいるんだ？

「レイリ、君は薬師としての心構えも良い。ハイポーションも作れる。領都でも充分やって行けるよね？」

俺はそう言った。志望動機が分からん。

「はい。まあ……」

「じゃあ、何故?」

「あの……本当の事を言っても宜しいでしょうか?」

ん?　本当の事を言わないで、どーすんだ?

「うん、構わないよ」

「実は、私はアイシャとは幼なじみで……」

「あ!　レイリ!　思い出した!」

「アスラ殿?」

「アイシャにいつも泣かされていた、泣き虫レイリだ!」

泣かされていた!?　泣き虫!?

「アスラール様、その思い出し方はちょっと……」

「あ?　ああ、すまない。子供の頃に、何度か遊んだ事があるな?」

「はい」

「確か、アイシャの両親と親同士の仲が良いのだったか?」

「はい。家も近くて」

「そうだった。そうか。薬師になっていたのか」

「はい」

「で?」

「はい?」

話が全然進まないじゃないか！

「どんな志望動機でも構わないから、話してほしいな」

焦ったぜ！　泣き虫レイリ君、ちゃんと志望動機を言ってほしいな。で、目も合わせてほしいな。

「はい、リリアス殿下。今回の募集を知って、アイシャが騒いでまして。アイシャは実力も志しもあります。意欲だってあります。ですので、アイシャは合格するだろうと思いました。しかし、あの性格ですので。一人突っ走って、皆様にご迷惑をお掛けしてしまうのが、目に見えてます。アイシャを抑えるのは、私しかいないと。尚且つ、薬師の仕事も出来るのであればと……その……申し訳ございません」

アハハ！　何だそりゃ、謝っているよ。要するに、アイシャと離れたくないんじゃないか？

「アハハハ！」

「リリ……」

「だって兄さま！　そんな志望動機もあるんだと思って！」

「まぁ、そうだね……」

本当、色んな人がいるわ。アイシャといい、このレイリといい個性豊かだ。

「レイリ、薬師は続けたいんだ？」

「はい、それはもちろんです。私は剣も使えません。特別、魔法が得意な訳でもありません。人と話すのも、得意な方ではありません。そんな私が少しでもお役に立てるのは、薬師しかないと」

ほうほう。なるほど。

「で、アイシャの側にもいれると」

「で、で、殿下！」

「ん？　ボク、何か間違った？」

「あ、いえ……その……間違っては……えっと……」

もう顔が真っ赤じゃないか！　耳まで赤くなってる？　あれだけ堂々とアイシャの事を話しておいて、ここにきて照れるのかよ。

「アハハハ」

「リリ」

「兄さま、すみません。でも、彼はなかなか優秀なんですよ。ね、レピオス」

「そうですね。治療方法も良いですし、ハイポーションも作れますしね。ああ、もう少し頑張れば、より効果の高いポーションになりますね」

「そうなんだよ。でも、アイシャなんだ？」

「その……殿下。アイシャは本当に思い込んだら、周りが見えなくなるのです。猪の様に、突き進んでしまいますから。皆様のキャパやペース等、お構いなしになってしまうのです。それが欠点で……しかし、有能です。同じ薬師の私から見ても、良い薬師です。ですので、街に埋もれさせておくのは勿体ないのです。でも本当に、一人突っ走ったら問題を起こしかねません」

「うん。分かった。アイシャの事は分かったよ。レイリはどうなの？　領都での薬師の仕事を辞めても、ここで仕えたいと思うの？」

「それは、当然です！」

「どうして？」

「薬師なら、街の人達の病や怪我を癒したいと思います。また、我々の為に、恐ろしい魔物を討伐に出る領主隊の皆様のお役に立ちたいと憧れます。病なら少しでも楽に、怪我なら少しでも早く痛みを無くせる様に、古傷などになって跡を残さない様に。適切な治療をと……あ、すみません。喋りすぎました」

いやいや、喋ってもらわないと面接にならないからね。志はあるんだ。

「ううん、喋り過ぎなんかじゃないよ。アイシャはもっと喋ってたよ」

「ああ……やはり。リリアス殿下の万能薬を見て、興奮してましたから。申し訳ありません」

そう言って、レイリは頭を下げる。アイシャの事なのに、レイリが謝ってんの。

「レイリが謝る事じゃないよ。レイリはここに仕えたくて来たの？　それとも、アイシャについて来たの？」

「もちろん、お仕えしたくて来ました」

「そう。分かった。兄さま、アスラ殿、レピオス聞いておきたい事はありますか？」

「殿下、一つ」

「アスラ殿、どうぞ。幾つでも」

「レイリ。じゃあもしも、君だけが合格してアイシャが不合格だったら仕えてはくれないのか？」

「いえ、その場合は仕方ありません。私はお仕え致します」

おや、意外と迷いがないんだな？

「レイリ、仕方ないとは？」

「はい。アイシャには悪いですが、私はこちらに仕えさせて頂きます。仕方ないので、アイシャは一人街で頑張ってもらうしかありません。悔しそうな、アイシャの顔が目に浮かびます。フフフ」

あ？　そこは良いんだ？　面白い！

「リリ、目がキラキラしてるよ？」

「兄さま、そんな事ありません！　ブフフ」

クーファルにバレたぜ！　だってキャラが面白すぎるんだ。

「もう、宜しいですか？」

レピオスが聞いたから、俺は頷いた。クーファルもアスラールも良い様だ。

「では、部屋に戻って下さい」

「はい、有難うございました」

また俯き加減で、レイリは部屋を出て行った。

「兄さま、色んな人がいるんですね」

「ああ、本当だね」

「彼は結局何がしたいのでしょう？」

「レピオス、そんなの決まってるよ」

「リリアス殿下、決まってますか？」

「うん。アイシャと二人一緒に、ここに仕えたいんだよ」

「なるほど……」

いや、レピオス。感心するとこじゃないからね。

全員の面接も終わった。思った以上に皆優秀だった。勿論、実力不足の人もいた。だが、全員採用する訳ではないのだから許容範囲だ。今後に期待するって感じだ。それに、薬師としての心構えを話せたのは良かった。

「兄さま、アスラ殿、レピオス。誰が良いと思いますか？」

俺は決まってるぜ！

「アスラ殿は？」

「殿下、私ですか？　私はアイシャとレイリが良いと思いますが」

「レピオスは？」

「私も同じです」

「うん、そうだね」

「ですよね」

「では、皆様。決定で宜しいですか？」

ソールが確認する。

「はーい」

クーファルとアスラール、レピオスも頷いた。満場一致だ。

その日、皆で夕食を食べた。受験者達も別室で食べているだろう。久しぶりに、気持ちが少しすっきりした。薬師達は一番被害が大きかったから気になっていたんだ。なんとかなりそうで良かった。採用にならない人の中にも良い薬師がいたし、今後も安心って感じだね。

「で、リリ。明日、発表するんだろ？」

「兄さま、それはボクではなくて、アラ殿かアスラ殿の役目です」

「ああ、そうだね」

「父上、お願いできますか？」

「いや、アスラール。これは、最初から関わっていたお前がしなさい」

「父上、しかし……」

「いや、お前がいい。次期辺境伯だからな」

うん。俺もそれがいいと思う。最初から仕切っていたんだからな。

「はい。分かりました。では、リリアス殿下。その後、皆を集めますか？」

「うん、アスラ殿。顔合わせも兼ねてね。それがいいと思います」

「父上、やっと落ち着きましたね」

「アルコース、そうだな」

うん。なんだか穏やかだ。雰囲気が違う様な気がする。気がするだけだよ。俺は分かんないからね。


翌日、俺は薬師達が集まっている部屋にいる。

「リリアス殿下、お願いします」

いきなり振られちゃったよ。合否の発表も済んで、邸の薬師達との顔合わせだ。不合格だった者は、もう帰途についている。今日もアスラールとレピオスが一緒だ。部屋の隅にはリュカもいる。

そこで、アスラールにいきなり振られた訳だ。

「え、最初はアスラ殿でしょう!?」

「いえ、とんでもない！　殿下、どうぞ！」

アスラール、いい笑顔で言うなよ！　いきなり振らないで欲しいな～。

「えぇー……じゃあ、ボクから少しだけ。あなた方は、これまで不遇な環境を耐えて来られました。腐らず、道を外れずにここまできた人達です。そんなあなた達には、簡単に揺るがない強さがあると、ボクは信じています。ボクはそんなあなた達を、誇りに思います。みんな、帝国の要であるこの領地をお願いします！　以上ですッ！」

「「「「はいっ！」」」」

うん。みんな良い顔だ。心機一転だ。

「今まで、我慢させて、辛い思いをさせて、申し訳なかった」

アスラールが薬師達に頭を下げた。薬師達が驚いている。領主の長男が、頭を下げたんだからな。

「もう二度と同じ間違いはしない。皆が働きやすい様、全力で対応していくつもりだ。これからはこのメンバーで頑張ってほしい。宜しく頼む」

「「「「はいっ！」」」」

再出発て感じだ。いいんじゃないか？

「今回の募集で合格した者を紹介する」

アイシャとレイリが、その場で立ち上がった。

「アイシャ・ピオネールと、レイリ・マカオンだ。アイシャは皆も知っているな。アイシャ、よく戻って来てくれた。これからアイシャには、皆のまとめ役の薬師長をやってもらう」

アイシャが一礼をした。

「アイシャの補佐、副長にレイリだ」

レイリも同じ様に一礼をした。

「アイシャとレイリは治療方針も回復薬も、リリアス殿下が合格点を下さった。皆で切磋琢磨して知識や技術を高めてほしい。皆はこの領地の要である領主隊の支えだ。どうか、皆で力を合わせて頑張ってくれ。期待している！」

「「「「はいッ！」」」」

「では、レピオス殿」

レピオスが席を立った。

「はい。私から少しだけ。皆さん、今回のテストは如何でしたか？　難しい問題ではなかったと思います。皆さんの解答を拝見しました。大事な事は、分かっておられる様で安心致しました。再度、確認して頂く為に少しだけお話し致します。リリアス殿下と私が、常日頃から大切にしている事があります。それは、無理をしないさせない。病や怪我を完治した後の事も考える。と、言う事です。普段の生活が、いかに大事かと言う事。そして、最優先はもちろん命です。命以上に優先する事はありません。今ここにいる皆さんは、分かっていると思いますがその事をどうか忘れないで下さい。殿下も私も、期待しております。頑張って下さい」

「「「「はいっ！」」」」

はあ、終わった終わった。ケイアの事があって、薬師達はどうなるのか心配だったんだ。まとめ役がいないと統率がとれない。いざという時、それは大きな障害となる事もある。これでもう大丈夫だろう。後はみんな仲良くしてくれたら良いな。

だが、帰る迄にケイアには会えるのだろうか？

「殿下、終わりましたね」

「リュカ、うん。ホッとしたよ」

「裏で、領主隊が選抜戦をやってますよ。見に行きませんか？」

「そうなの？　行く行く！」

明日、行われる事になった、騎士団ｖｓ領主隊の３種競技大会の選抜戦だ。領主隊は騎士団より多いから選抜戦をやっている。今日の選抜戦で勝ち残った者が、明日の本戦に出られる。


リュカと二人で邸の裏に出た。おや、領主隊だけでなく騎士団の姿もあるな。

「あれ？　リュカ。騎士団もいるよ？」

「ああ、はい。練習してるんじゃないですか？」

「ふーん。リュカはいいの？」

「俺とオクソール様は、いいんです」

「え、なんで？」

「獣人ですから」

おや、リュカさん。自信満々ですね。

「でもリュカさぁ、腕相撲でも予選敗退だったじゃない？」

「あれは、相手が悪かったんですよ！」

「リュカ、頑張ってよ？　足引っ張ったりしたら駄目だよ。リュカは何もないところでも転けたりするからさ、ちょっと心配だよ。

「殿下！　何言ってんスか!?　獣人を舐めたらいけません！」

「なんスか？」

「もしかしてリュカって、あんまりなんじゃない？」

「えー……」

「殿下、終わりましたか？」

オクソールが俺に気付いてやって来た。相変わらず、クールだ。本当は笑い上戸なのに。

「うん、オクソール。終わったから見に来たの」

「お疲れ様でした。落ち着きましたか？」

「うん。いい感じになったよ」

「それは、良かったです」

「明日、楽しみにしてるからね」

「はい、負けませんよ」

「はい！　負けません！」

「リュカが言うとなぁ……」

「殿下！」

「クフフッ」

ほら、オクソールが笑ってるぞ。

「それにしても、オク。まるでお祭り騒ぎじゃない？」

明日の騎士団ｖｓ領主隊の競技は領民達にも公開される。辺境伯邸の、だだっ広い前庭が競技場になっている。競技本番は明日なのに、領主隊が裏で選抜戦をしているせいか、既に領民達が集まっていてちょっとしたお祭り騒ぎになっている。お弁当まで広げている人がいるぞ。場所取りをしている人もいる。運動会みたいだ。

「まあ毎回こうなりますね」

「で、今までの成績はどうなの？」

「騎士団は負け知らずです」

「凄いッ！」

「獣人の私が参加しますから。ちょっと、反則かも知れないですね。今回はリュカもいます。騎士団に勝つのは、難しいのではないでしょうか？」

なるほど、獣人が二人もいるもんな。でも、リュカは頼んないよ？　ぶへッってよく転けるもん。

「「「せーーのッ！　せーのッ！　せーのッ！」」」

領主隊が綱引きをしている。コレッて綱引きなのか？　いや、綱引きだよな？

俺は小学校の運動会の綱引きしか知らないが、記憶にあるロープとは全然違う。太いんだよ！

長いんだよ！　俺の手では持ち上げられそうもない太さのロープだ。

「ねえ、オク。これ何人で引くの？」

「16人対16人ですよ。ですので、綱引きだけ2回戦あります」

「凄いね。掛け声で地響きがしそうだ」

「ハハハ、皆声が大きいですからね」

いやいや、それだけじゃないだろ。声が低いんだよ。まあ、みんな男だから当然なんだが。

「ひょえ～～！」

ふと、思いついて邸の窓を見る。あー、やっぱフィオンやニルが見ているな。手を振っておこう。

「ねーさまー！　ニールー！」

あ、気がついた。手を振ってくれている。ヒョコッとユキが横から顔を出した。

「ユキー！　下りといでー！」

試しに呼んでみた。すると、窓からヒュンッとユキが飛び出した！

「えぇーー!!」

ユキは空中で1回転して、俺の前にシュタンッと着地した。

「「「「おぉーーッ!!」」」」

隊員達から、歓声があがる。ユキさん、超カッコいい。俺は何気なしに呼んだのに、まさか本当にあの高さから飛び降りてくるとは思わなかったよ。しかも、空中で1回転だ。

「リリ、呼んだか」

「ユキ、ビックリしたよ！　窓から飛び出すんだもん！」

「この程度の高さなど、我にはどうと言う事はない」

「ユキ、カッコいい！」

俺はユキに抱きついて、乗せてもらう。ヨシヨシ、首筋を撫でてあげよう。

「リリ、あれは何をしているのだ？」

「あれはね、綱引きって言うんだ。両方からロープを引っ張るんだよ」

「それだけか？」

「うん。それだけ。そう言うもんなの」

「人間とは、ロープを引くだけで何が楽しいのか。我は理解できん」

「アハハハ！　そうだねー！」

「ユキ、やってみるか？」

「オクソール、我が人間に負ける訳がなかろう」

「ユキ、言ったな」

オクが隊員達の元へ、走って行った。きっとさぁ、ユキをみんなで負かしてやろうぜ！　とか、言ってんだぜ。みんな負けん気が強いからね。

「殿下！　ユキ！」

「ユキ、オクが呼んでるよ！　行こう！」

ユキに乗って、オクソールのところまで走る。楽ちんだ。

「ユキは向こうに引っ張るんだ。俺達は反対に引っ張るから、引きずられた方が負けだ」

「分かった」

「えっ!?　オクｖｓユキじゃないの？」

「殿下、それでは俺が負けます」

「オク、狡いね……」

「殿下、ユキは神獣ですよ。いくらなんでも無理です」

「じゃあ、そっちは何人？」

「さあ、何人でしょう？」

「ええッ!?　駄目だよ！　本番と同じ16人だよ！」

「「「ええーー!!」」」

隊員達からブーイングの声があがる。なんて大人気《おとなげ》ないんだ！

「駄目！　16人！」

隊員達は、暫くあーだこーだと言い合っていたが、決まった様だ。

周りで見ていた領民達も、寄ってきた。

「オク！　ボクもする！」

「殿下、またそんな事を」

「だって、やりたい！」

「殿下、無理です。危ないですよ」

リュカが横から口を挟む。

「リュカまで！　リュカは参加するの？」

「もちろんです！　オクソール様と二人でアンカーをします！」

「アンカーて何？」

「一番後ろで、ロープを引く人の事ですよ」

「ふぅ～ん。じゃあ、ボクまた合図する！」

「まあ、それなら良いでしょう」

ユキに乗ったまま移動する。

「オク、どーすんの？」

「鬼ごっこの時と一緒ですよ。旗を上げて、Readyです。この合図で皆がロープを持ちます。旗を振り下げて、goです。そしたら直ぐに離れて下さい。皆がロープを引き始めますから」

「うん！　分かった！」

ユキはロープの横に、俺は旗を手に中央に立つ。

「いくよー！　みんなー！　頑張ってー！」

「「「「おおーーッ!!」」」」

隊員達は超やる気だ！　さすが脳筋集団！

「レディー……」

俺は旗を上げた。隊員達がロープを掴む。ユキは……ああ、そうだよな。ロープを咥えた。

「ゴーッ!!」

同時に勢いよく旗を振り下げ、直ぐに離れる。危ないからね。

「「「「せーーのッ！　せーのッ！　せーのッ！」」」」

隊員達もユキも同時にロープを引きだした。

「頑張れー!!」

どんどん人集《だか》りが出来ていく。領民達も、声援を送る。

――いけー！

――踏ん張れー！

ん？　ユキちゃんだと？　なんで？　いつの間に！　ユキさん、有名になってない？

——ユキちゃーん！

「「「せーのッ！　せーのッ！　せーのッ！」」」

屈強な隊員達16人ｖｓユキ。隊員達はガンガン引いているが、ユキはビクともしない。最初の位置から全く動いていないんだ。神獣て凄いんだ！

「ユキ！　頑張れー！」

「「「せーのッ！　せーのッ！　せーのッ！」」」

「ユキ！　いけー!!」

俺が叫んだ直後、ユキは咥えていたロープを一気にグイッと引いた！

途端に16人の屈強な隊員達が、前に引きずられた！

「「「おおッ!!」」」

「ユキの勝ちー！」

俺は真ん中で、旗をパタパタ振りながら、ぴょんぴょん跳ねる。ユキ、やったね。

声援を送っていた領民達から、歓声が上がる。

「「「「おおーー!!」」」」

「ユキ、凄い！　強いね！」

「リリ、我は負ける訳がないと言ったであろう」

「楽勝だったね！　ビクともしなかった！」

「殿下、ユキは凄いですね！」

「リュカ、引いてた？」

「ひどっ！　引いてましたよ！　全然動きませんでした！」

「ああ、やはり神獣は凄いな」

「オク、残念だったねー。エヘヘ」

あれ？　そう言えば……

「オク、シェフいなかったね」

「ああ、殿下の食事を作るからと言ってましたよ」

「ああ、そう」

そうだ。本業はシェフだった。いつも当たり前の様に混じっていたから、シェフだって事を忘れちゃうよ。


「……んん～……」

お昼寝してたんだよ。まだ俺の体にはお昼寝は大事。前世だと幼稚園児だからね。

ベッドの中で伸びをする。

「殿下、お目覚めですか？」

「うん、ニル」

「また、楽しそうでしたね」

「え？　ずっと見てたの？」

俺はベッドから下りる。ユキは大きいまま、ベッドの横で寝ていた。

「はい、フィオン様と見てました。りんごジュースどうぞ」

「ありがとう……」

「殿下が真ん中で、旗を振りながらぴょんぴょん跳ねてらして可愛いと」

あー、フィオン。また見るとこが間違ってる。

——コンコン
「殿下、起きておられますか？」

クーファルの側近、ソールだ。

「うん、起きてるよ」

「失礼致します。クーファル殿下がお呼びです」

「分かった」

俺は、ニルとユキを連れてソールの後を歩く。

「殿下、楽しそうでしたね」

「え？　ソールも見てたの？」

「はい。クーファル殿下と」

「楽しかったよ～」

「ぴょんぴょん跳ねてらして。クフフフ」

またクーファルまで見るところが違っているよ。

「本当にお可愛らしいと」

「やめて、ソール」

「どうしてですか？」

「だからね、ボクは男の子。可愛いは、だめ」

「駄目ですか。クフッ」

「だめだよー。兄さまなんて、いつもカッコいいもん」

「でも殿下、可愛いと言われるのは今の内だけですよ？」

「あー、そうだね。でもだめ」

「クフフフ」

　クーファルの部屋に着いた。

「殿下、お連れしました」

「リリ、よく寝たかな？」

「はい、兄さま。兄さま何か御用ですか？」

「ああ、うん。楽しかった後に、言いにくいんだけど」

「兄さま、何ですか？」

「もう、城に帰るだろう？　ケイアに会っておくかい？」

　会えるのか!?　もう、諦めていたのに。

「兄さま、いいのですか!?」

「でも、リリ。条件がある」

「兄さま。何ですか？」

「兄さまと一緒だ。それと、牢の外からしか会えないよ」

「兄さま……それは、話せる状態じゃない、て事ですか?」

「そういう事だ」

そうなのか……一体どんな状態なんだ?

「やっとね、喚き散らしていたのは落ち着いて、大人しくなったんだ。会話は出来ないけどね。だから、兄さまと一緒に牢の外から見るだけだ。それでも、良いかい?」

「はい、兄さま。会いたいです」

どんな状態でも、このまま会えないより良いさ。

「分かった。じゃあ、今から行こう」

「はい、兄さま」

俺はクーファルに連れられて、邸の地下にある牢に向かう。ニルとユキは先に部屋に戻ってもらった。ニルには見せたくない。て、俺より先にもう会っているかも知れないけど。

邸の裏側の方へ向かうと、牢のある地下に下りる階段があった。

こんな裏側に、階段があったんだ。オクソールとリュカが待っていた。

「殿下、抱っこしましょう」

「オク、ありがとう」

オクに抱っこされて、階段を下りて行く。どんどん暗く湿っぽく重苦しい感じになって行く。壁や天井は岩肌が剝き出しになっている。

等間隔に、光る魔石が設置されているから、歩くのには支障がないが、それでも暗い。

転移門も地下だけど、空気が全然違う。それに、使う階段自体が違う。

転移門のある地下とは、わざわざ階段を離して分けてあるんだ。正に光と闇って感じだな。

「リリ、良いかい。兄さまが駄目だと思ったら、直ぐに引き返すからね」

「はい、兄さま」

突き当たりの扉をソールが開けると、一層空気が変わった。体に纏わりつく湿気が不快だ。

ゴツゴツとした、岩肌が丸出しの空間に、鉄格子の部屋が並んでいる。中には小さいベッドが一つ。扉は勿論鍵付きの鉄格子だ。

「この奥だよ」

俺はオクソールに抱っこされたまま、クーファルの後ろを行く。

俺は、ケイアもある意味被害者だと思っている。確かに罪は犯したが、前世で言う情状酌量があっても良いだろうと思っている。いくら甘いと言われようがだ。俺はそう思う。勿論、他の考えもあって当然だ。

だが、俺はまだ子供だ。俺にはどうする力もない。俺だけの意見で、どうなるものでもない。

それに、ここは法治国家の日本じゃない。異世界だ。皇帝が治める国だ。

現代日本より、命の価値は軽い。そして、簡単に失われる。奪われる。

牢が並んでいる一番奥に、ケイアはいた。簡易の様なベッドに腰掛けていた。

静かだ。目が何も捉えていない。

「兄さま……」

「昨日からずっとあのままだ」

「食べてますか？」

「ああ、少しだけど食事はとっている」

「そうですか。話しかけてみたらだめですか？」

「名前を呼んでみるかい？」

「はい。オク、下ろして」

オクソールに下ろしてもらい、牢に近づく。俺は出来るだけ優しく静かに名前を呼んだ。

「ケイア……」

ケイアがピクッと反応した。ちゃんと声は届いている。

「ケイア、ちゃんと食べてる？」

俺がそう話しかけると、ケイアはゆっくりと首を動かし此方を向いた。

「ケイア」

「…………」

やっぱ話せないか……いや、ケイアの口が何か言おうとして微かに動いている。

「ご……」

「ん？　何？　ケイア、言いたい事があるなら、何でも言って」

ケイアは、掠れた小さな声で呟いた。目はちゃんと、俺を見ている。

「……ご……ごめん……なさい……」

辛うじて言葉を発すると同時に、ケイアの目から涙がこぼれ落ちた。

ポロポロと……瞬きもしないで、ただ涙を流していた。

髪は乱れ以前より目が落ち窪み、唇も荒れてカサカサなのが離れていても分かる。たった数日で何年も歳をとったみたいだ。

「……ごめんなさい……わ、わたし……酷い事……を……」

大丈夫だ。現実を分かっているんだ。自分の中で、なんとか折り合いをつけようとしているのかも知れない。気持ちが少しでも聞けて良かった。

「ケイア、ちゃんと治療しよう。身体も心も、元気になるように治療しよう」

「……ごめ……」

ケイアがゆっくりと、首を横に振る。

「大丈夫だよ。まだケイアは生きている。まだ幸せになれるんだ。やり直せるんだよ」

「……しあわせ……ご……めんな……」

「ケイア……」

「リリ」

クーファルに呼ばれて気が付いた。また俺は涙を流していたんだ。くそ、５歳児。弱っちい。

「リリ、戻ろう」

「兄さま、もう少し。お願いです」

「リリ……」

俺はもう一度、ケイアに向かい話しかける。ゆっくりと、出来るだけ穏やかに。

「ケイア、元気になるんだよ。元気になって、またボクと話そう。ゆっくりでいい。ケイアの幸せを探そう。ケイア、待ってるからね。ボクは忘れないよ。約束だよ……ケイア」

「……ゔッ……うぅッ……」

ケイアの目から涙がボロボロ流れる。自分の心を抱き締めるかの様に、腕にギュッと手を回している。

泣ける心が残っているんだ。涙を流せるんだ。

涙を流しながら、目はちゃんと俺を見ている。

入ってきた時に見た、何も捉えていない目じゃない。

俺は思わず鉄格子を握っていた。

「ケイア、約束だ。元気になって、話せる様になったらまた話そう。覚えているからね。ケイア、ボクは待ってるからね」

「……は……い……はい」

「ケイア。よく答えてくれた。ありがとう」

「……あ、あ……あり……がとう……ござ……」

俺は何度もケイアに頷いた。充分だ。ケイア、通じたよな？

「リリ、行こう。オクソール」

「はい」

俺はまたオクソールに抱っこされた。

「ケイア、約束だよ。待ってるからね。元気になるんだよ」

俺は、オクソールに連れて行かれながらも、声をかけた。

クーファルの部屋に戻ってきた。

オクソールにソファーに座らせてもらうと、クーファルが抱き締めてきた。

「リリ……君は本当に……」

「兄さま？」

「ケイアが謝罪の言葉を口にしたのは、さっきが初めてだ。こちらを見て、話す意思を示した事自体、今までなかったんだよ」

「兄さま、そうなのですか？」

「だけど、リリが泣く必要はない。兄さまは、リリが泣くのは見ていられない」

「兄さま、もしも……もしも、同情ではなく、ちゃんとケイアの心に寄り添ってくれる人が一人でもいれば、違ったはずです」

その機会を無くしたのがアラウィンなのだろう。いや、アラウィンの母なのかも知れない。ルーが言っていた様に、もっと早くにハッキリと拒絶しなければならなかったんだ。拒絶されたら、その時は苦しいだろう。でも、早い方が傷は浅くて済んだかも知れない。その分、やり直すチャンスが今よりはあったかも知れない。取り返しがつかなくなってからでは、苦しみも傷も深くなる。

ケイアは自分で自分を傷つけていたんだ。心が耐えられなくなって、壊れていたんだ。ケイアも、ある意味被害者なんだろう。それでも、誰もケイアの幸せを奪う権利なんかないいんだ。

「兄さま、帝都に行ったらケイアはどうなるのですか？」

「然るべき施設に入る事になる」

「然るべき施設？」

「ああ。カウンセリングを受けて、心専門の治療をするんだ。それから罪を償う事になるだろうね」

「そうですか。よかった」

この世界にカウンセリングがあって良かった。治療できるんだ。後はケイア次第だ。

どうか、頑張ってくれ。元気になってくれ。子供の頃に両親を亡くして、このまま牢の中で人生を終えるなんて悲しすぎるじゃないか。幸せになってくれ。俺はそう願うよ。

「リリ、もう泣かないでくれないか?」

「兄さま、……ヒック。ありがとうございました。ヒック……ケイアに会わせてくれて……ありがとうございます」

「ああ、ああ。もう分かった。リリ、泣かないで」

「兄さま……ヒック」

「ケイア、ちゃんと食べてる?」

リリアスがケイアに話しかけた最初の一言……その一言が真っ暗な闇に覆われていたケイアの心にわずかな光を落とした。

小さな石が投げ入れられた水面の様に、波紋が広がりどんどん大きくなっていく。

ケイアのなかでは、まるで走馬灯の様に思い出していたんだ。

ケイアがまだ幼かった頃の事だ。

ケイアの両親が亡くなり、この辺境伯家へ引き取られた日の事だ。

連れて来られたのは、両親がまだ元気に生きていた頃、一緒に何度か訪れた事がある伯父の家だった。出迎えてくれたのはケイアより10歳年上の辺境伯嫡男のアラウィンだ。

泣きはらした目で、やつれた様子のケイアを見てアラウィンが声を掛けた。

「ちゃんと食べてる？」

その言葉を思い出したんだ。それから、ケイアの中に様々な事が蘇ってきた。ずっと長い間忘れていた事。

「これからは僕が兄だ」

「お兄様？」

「そうだ。これからケイアは幸せにならなきゃな」

そんなアラウィンとの会話も思い出した。

「じゃあ、私は姉様ね」

アラウィンの隣には、ふんわりと優しく微笑む当時は婚約者のアリンナがいた。アリンナは両手を広げてケイアを迎え入れてくれた。まるで、本当の妹に接するかの様に。アリンナが邸にやって来た時はいつも一緒にいてくれた。一緒に食事をし、庭の花を見たりした。

ケイアが薬師を目指す切っ掛けをくれたのもアリンナだった。

「まあ、ケイアは薬草を覚えるのがとっても早いのね。薬師に向いているかも知れないわ」

それからだ。ケイアは寂しさを紛らわすかの様に、勉強をした。先ずは字を覚えるところからだった。それもアリンナが親身になって教えてくれた。

寂しい夜は、同じベッドで眠ってくれた。少しずつ、ケイアにとって安らぎになっていった。

それでも、どうしようもなく両親が恋しくなった時は木の陰に隠れて泣いていた。

帰ってくると信じて疑わなかったのに、いくら待っても父は帰って来なかった。

父が亡くなり、日に日にやつれていく母。その母は父を追うように逝ってしまった。母の葬儀の後、冷たい雨の中一人で墓石の前に立って泣いた。

自分一人が暗闇に引きずられていくような気がした。

「ケイア、大丈夫よ。あなたは一人じゃないわ」

いつも見つけ出してくれたのも、アリンナだった。抱き締めてくれた時の、アリンナの温かさがケイアを引き上げてくれた。

「ケイア、一緒に幸せになるのよ」

手を繋いで歩いている二人を、アラウィンは微笑ましく思いながら見ていた。

あの時、自分は笑顔だったのではないか？　アリンナと一緒に笑っていたのに。幸せだったじゃないか。

辛い思い出と共に思い出すのは、兄だと言ってくれたアラウィンと手を握ってくれたアリンナだ。

どうして自分は忘れていたのだろう。

いつから、こんな自分になってしまったのだろう。

ケイアの心の中に後悔と懺悔が広がっていく。

何て事をしてしまったんだろう。

「あ……あぁ……ああー……」

リリアスが牢の前からいなくなってから、ケイアは声を上げて泣いた。

リリアスがケイアに掛けた言葉はちゃんと心に届いていたんだ。


俺はまた、泣きながら寝てしまいました。昼寝したのに、どんだけ寝るんだよ。

目が覚めたら、自分の部屋のベッドだった。オクソール、いつも悪いね。

「殿下、大丈夫ですか？」

「うん。ニル、また心配かけちゃったね」

「それがニルの役目ですから」

「ニル、ごめんなさい」

「殿下、謝らないで下さい。さあ、りんごジュースをご用意しましょう」

「うん、ありがとう」

「ニル、我も欲しいぞ」

「はいはい」

あー、ニルは本当にいい子だわ。俺は感謝してるよ？　マジでさ。いつもありがとう。

「殿下、もうすぐ夕食ですが、食べられますか？」

「うん。食べるよ。おやつ食べてないから、お腹すいちゃった」

「まあ、そうですか」

「我もおやつ食べてないぞ」

「ユキ……」

「リリ、なんだ？」

「ユキ、本当食べてばっかだね」

「……!!」

そんなガーン！　て顔するなよ。

まあ、豹だから表情は変わらないんだけどな。なんとなくだ、なんとなく。

——コンコン
「ハイクです。宜しいでしょうか？」

ん？　アラウィンの側近か？　なんだ？

「殿下？」

「うん、入ってもらって」

ニルがドアを開ける。

「失礼致します。殿下、有難うございました」

ハイクが深々と頭を下げた。

「ハイク、何？」

「ケイアの事です。会って下さったと聞きました」

「うん」

「有難うございました」

んー、何だろうなー。ハイクは一番ケイアと話していたと聞いた。注意したり、時には叱ったりもしていたと。ちょっと話してみるか。

「ハイクはケイアをどう思ってんの？　幼なじみと、言ってたっけ？」

「はい」

「で？　それだけ？」

「ケイアはずっと一緒に育ったので、妹みたいな感じでしょうか」

「そっか。じゃあ、そのスタンスをハッキリしてあげてね。もう分かってるよね？　余計な期待をさせたら駄目だからね。それは余計にケイアを苦しめる事になるからね。また新しい苦しみを与える事になるんだよ」

俺は、ハイクの目をしっかりと見て言った。

「弱ってる時は、誰でも何かにすがりたくなるんだよ。そこで同情かなんか知らないけど、優しくされると勘違いする人もいるんだ。だから、妹なら妹だとハッキリしてあげて。その上で、気に掛けるならそのスタンスで心配してあげて。手助けしてあげて」

「殿下、分かりました」

「自己満足は駄目だからね」

「殿下……」

「ハイクは奥さんいるんでしょ？」

「はい。おります」

「なら、中途半端なのはケイアだけじゃなくて、奥さんも傷付けるからね」

「はい……」

大の大人が、下を向いてどんどん泣きそうな顔になっていく。

もしかして、今回の事で奥さんに何か言われたか？　まあ、いいや。

「殿下、５歳児の言う事ではないですよ」

「え、ニル。そう？」

「はい。まるでおじさんです」

「げッ……！」

「フフフ、可愛いおじさんですね」

「ニル！　酷いー！」

「フフフ」

ハイクがしっかりと顔をあげた。俺が話した事を分かってくれたのかな？

「有難うございます。殿下のお言葉を肝に銘じます」

「あー、ハイク。偉そうな事言ってごめんなさい」

「いいえ、何を仰います。正論です。私の方が大人なのに、恥ずかしいです」

そうだよ、本当だよ。まあ、俺も甘いけどさ。

「ケイアは治療してもらえるそうだから、大丈夫だよ」

「はい、殿下」

「殿下、そろそろ食堂へ参りましょう」

「うん。じゃあ、ハイク」

「はい、お邪魔して申し訳ありませんでした。有難うございました」

さあ、夕飯だ！　お腹すいたぜ。


リリアスがケイアと話した翌日、アラウィンがケイアに会うために牢に足を運んだ。

まだ足元がおぼつかないアリンナと一緒にだ。

アラウィンが声を掛ける。

「ケイア」

「あ……」

「すまなかった。辛い思いをさせてしまった」

「……」

「私がハッキリとしなかったからだ」

「……」

ケイアは黙っていた。アラウィンの目を見ようとしない。

「王都で専門の施設に入れるそうだ。今度こそ幸せになってほしい」

アラウィンに支えられながら、アリンナも声を掛ける。

「ケイア、辛い思いをしていたのね」

「あ……」

「なんだ？　何でも言ってくれ」

「あ、アリンナ様……」

「なあに、ケイア。なんでも話してちょうだい」

「アリンナ様……申し訳ありません……アリンナ様……」

真っ直ぐに、アリンナを見つめるケイアの目から涙が零れ出す。

「ケイア……」

「ケイア、元気になってくれ」

「ケイア、お手紙を出すわ。元気でいるかだけでも教えてちょうだい」

「アリンナ様……私は酷い事を……」

「ケイアを抱き締めるのは、いつも私だったでしょう？」

「あ……あぁ……」

「ね、ケイア。お手紙出すわね」

「はい……はい」

ケイアは大粒の涙を流しながら、アリンナを見ていた。

「ケイア、幸せにならなきゃね」

「うぅ……ど、どうか……」

「なあに？」

「皆様も……幸せに……お元気で……」

「ありがとう。ケイアもよ」

「は、はい……」

ケイアは最後までアラウィンを見なかった。それでも、アラウィンが自分で会いに行った事は大きい。そして、アリンナが一緒に行った事。ケイアがアリンナに申し訳ないと言った事もだ。

時間は掛かるだろうが、きっと立ち直ってくれるだろう。

生きていたんだ。やり直せるんだ。ケイアだって幸せになれるんだ。


「殿下、さあお食事ですよッ！　今夜はステーキですすッ！」

「おー！　シェフ張り切ってるね！」

俺は食堂にいる。目の前にステーキがドドンッと出てきた。急にステーキなんて、どうしたんだ？

「はい！　明日は領主隊と対戦ですからねッ！」

あ、なーる。力をつけなきゃ、て事ね。ま、俺は出場しないけど。

「いただきまーす！　……んん～！　柔らかーい。シェフおいしいよ！」

「有難うございますッ！　殿下、沢山食べて下さい。今日はおやつを食べなかったのですから」

「うん、そうなんだよ。だからお腹すいちゃった」

「おやつの時間に、リリは寝ていたからね」

「兄さま、今なんか悪意を感じました」

「リリ！　兄さまがリリに悪意なんてある訳ないじゃないか」

「はい、そうでした。兄さま、いつもありがとうございます」

ステーキを切る手を止めて、ニコッとしながら言った。クーファルにはいつも頼ってしまっている。良い兄だ。

「おや、どうしたんだい？」

「いえ……そう思ったんです」

「まあ、またお兄様。リリを独り占めしたら駄目ですわよ」

「フィオン、お前は本当にその考え方やめなさい」

「お兄様、何がですか？」

「兄弟で、独り占めも何もないだろう？」

「だって、お兄様は狡いですから」

「ハハハ、フィオン様は本当にリリアス殿下がお好きなんですね」

「辺境伯、当然ですわ。リリは末っ子ですもの」

「ああ、そうでした。リリアス殿下は一番下でしたな。なのに、我々大人が情けない……」

「アラ殿、これからなのでしょう？」

「殿下、何でしょう？」

「父さまと約束してませんでしたっけ？　これから、領地の為に頑張るぞ！　みたいな？　ボク、殆ど寝てたからあんまり覚えてないけど」

「殿下、そうですね。これから、より一層頑張りますよ。陛下のお気持ちに報いる事ができるよう」

「うん。アラ殿なら大丈夫！」

「殿下、有難うございます」


夕食を食べて、応接室にいる。クーファルと、アラウィンとアスラールが一緒だ。応接室で何をしているかと言うとだな。ユキがまだ厨房から戻って来ないいんだよ。まだ食べているんだ。

「殿下、りんごジュースです」

「ニル、ありがとう。ユキどんだけ食べてんの？　ボクもうそろそろ眠いんだけどな」

「リリ、もう少し待てるかな？」

「兄さま？　何ですか？」

「うん。もうそろそろだよ」

そうクーファルが言ってた時だ。

——コンコン
「あ……！」

フィオンとアルコースに両側から手を添えられながら、辺境伯夫人が入ってきた。

「歩いて大丈夫なのですか⁉」

目が覚めたよ。思わず走り寄ってしまったよ。

「リリアス殿下、大丈夫です。有難うございます」

「早く、姉さま。ソファーへ！」

「リリ、大丈夫よ」

ゆっくりだが、足取りはしっかりしている。顔色も悪くない。良かった。元気そうだ。

ソファーに座り、何度か軽く深呼吸をしてから話し出した。

「リリアス殿下、お帰りになられる前に、ちゃんとお礼を申し上げたかったのです。本当に殿下、有難うございました。今日は、ケイアに会って下さったと聞きました」

「そんな、ボクは別に大した事はしてません。それに、ケイアにはボクが会いたかったのです」

夫人が、ふんわりと微笑んだ。

「殿下、失礼は承知ですが。一つ私のお願いをきいて頂けませんか？」

「なんですか？」

「殿下、抱き締めさせて頂けませんか？」

「ボクをですか？　それくらい、いつでも」

夫人が両手を出した。

俺はゆっくりと、怪我に障らない様に夫人の腕の中に入っていく。

ふんわりと優しく抱き締められた。良かった。暖かい。

「殿下、私がベッドでお話しした事を覚えて下さってますか？」

夫人が声を抑えて話す。

『どうか、殿下。まだ子供でいて下さい。慌てて大人になる必要はありません。笑って元気な子供でいて下さいね』

夫人がまだベッドにいる時に、言われた言葉だ。

「うん。覚えてます」

「なのに……また殿下に大人の役目をさせてしまいました。申し訳ありません」

「そんな事はないです。ボクが会いたかったのです」

「私はお母様ではありませんが、殿下を抱きしめる事はできます」

おいおい。やめてくれ。5歳児の涙腺はまだ弱いからさ。

「殿下……」

「うん……グシュ。大丈夫。ありがとう」

俺の後ろから、夫人ごとフワッと抱き締められた。フィオンだ。

「リリ、アリンナ様……」

「姉さま……ヒック」

今度は横からガシッときたぞ。なんか力強い腕が回されたぞ。

「フィオン様、殿下。もう二度とこの様な事はありません！　我ら一家で、しっかり守っていきます！」

アルコースだ……ちょっと、テンションが違う。お陰で涙が引っ込んだ。

「アルコース殿、ダメダメです」

「え？　え？　リリアス殿下？」

「姉さま、離して下さい」

「リリ？」

フィオンとアルコースが離れた。でも、俺はまだ夫人にくっついてるよ。

「アルコース殿、こう言う時はもっと、そぉ～っとふわぁ～っとです。ガシッ！　は駄目。もう、雰囲気分かってないですよ？」

「えっ？　殿下？」

「それに、もっと優しく言わないと」

俺は夫人から離れて、短い人差し指を立てて、ダメダメと横に振りながら言った。

「アハハハ、リリそうだね」

「はい、兄さま。もう、アルコース殿。雰囲気は大事ですよ？」

「はい、殿下。気をつけます？」

「アハハハ。リリの方が大人じゃないか!?」

「アルコース殿、まだまだですね。そんなんじゃ、姉さまを任せられませんよ？」

「リリ、止めて」

「え!?　リリアス殿下、駄目ですか？　それは困ります！」

「アルコース殿、何を言ってるんですか!?」

あらあら、フィオンは真っ赤だ。

「ふふふ。クーファル殿下、フィオン様、リリアス殿下。心から感謝致します。有難うございます」

夫人が座ったままだが、頭を下げた。

俺はもう一度、そうっと夫人に抱き着いた。へへへ、役得だ。

第9章 ありがとう

俺の横で、小さいユキが伸びをしている。最近寝る時は小さくなって、ベッドに入ってくる。寒いのかな？　ネコ科だし。俺はユキの体温とモフモフで、天然の湯たんぽ状態でホコホコだ。

「殿下、ご用意して下さい。早く朝食を食べませんと」

「ニル、そうだった！」

俺はぴょんとベッドから下りる。顔を洗って着替えて、食堂へ向かう。

今日はさ、アレだよ。アレ。騎士団ｖｓ領主隊の３種競技大会だ。

昨日からもう既に、邸の前庭には区分けがされている。

ここから領民は入ったらダメだぞ。て、区分けでロープが張ってある。

「リリ、今日は何だ？」

「ユキ、昨日綱引きやったでしょ？　あの本番だよ。あと玉入れと紙風船割りをするんだ。領主隊と騎士団の対決だ」

食堂のある階に下りると、ワゴンを押しながらシェフがやって来た。

「殿下ッ！　おはようございますッ！」

「シェフ、おはよう！　準備しなくていいの？」

「殿下のお食事が終わったら行きますよ。騎士団も食事中ですから」

「そうなの？　応援してるから、頑張ってね！」

「はいッ！　殿下、有難う御座います！　殿下、ちょっとご相談が」

「どうしたの？」

食堂まで歩きながら話す。

対戦が終わってから、昼食を見に来ている領民達にも振る舞うのだそうだ。だから……

「皆で、ワイワイと食べられるメニューは、何かありませんか？」

「んー、外でかぁ……」

じゃあ、アレに決まりだろ!?

「シェフ、バーベキューは？」

「バーベキューですか？」

「うん。シチューかポトフとかもあればいいなぁ」

「殿下、そのバーベキューとは？」

「あのね、野外でね……」

はい、説明は省きます！

「さあ、殿下。どうぞ。沢山食べて下さいッ！」

今朝は、おにぎりだった。和食だよ。前に話していた卵焼きまである。

「シェフ、ありがとう！　いただきまーす」

と、俺はしっかりと大きな口をあけておにぎりを頬張る。ウマウマだぜ。俺の可愛いほっぺも膨らむよ。で、何で今朝はおにぎりなのかな？

「はい。隊員達からのリクエストです。米の方が腹持ちが良いからと」

「なるほろね～……」

うん、そりゃパンよりはな。

「シェフ、これも美味しい！」

「はい！　ソイがあると料理の幅が広がります！」

「そっか！　良かった！」

牛肉ときのこの時雨煮だ。おにぎりに合わない訳がない。おにぎりと一緒にあーんと頬張る。ワカメの味噌汁も美味いよー。しかしなぁ、和食をナイフとフォークで食べるこの違和感よ。残念だ。

「あれ？　今日はユキもう調理場に行ったの？」

「はい。今日は慌ただしいので、早く食べてもらってます！」

「いつもごめんね」

「殿下、何を仰います！　神獣の食事を担当する事などありませんから。皆、喜んでますよ！」

「本当？　なら、良いけど。ユキ、めちゃ食べるからさ」

「はい、凄く食べますねッ！」

「リリ、おはよう。今朝は早いね」

「兄さま、おはようございます！」

「あら、本当に」

「姉さま、おはようございます！」

クーファルとフィオンが、食堂に入ってきた。

「リリ、おはよう。どうしたの？　早いのね？　あらあら、可愛いほっぺにご飯粒がついてるわ」

あらら。フィオンは俺のほっぺのご飯粒を摘んでついでに拭いてくれる。

ちょっと恥ずかしい。もう5歳なのに。

「姉さま、ありがとうございます。今日は本番ですから！　ボク、食べるのが遅いので早く来ました」

「ああ、対戦だね」

「はい、兄さま！」

「リリ、出ないのに張り切ってるね」

「兄さま、ボクも本当は出たいです。でも、オクに駄目と言われました」

「そりゃあそうだよ。まだ小さいリリが、あの中に入ったら潰れてしまうよ？」

「えぇッ！　兄さま、ボク潰れますか!?」

「きっと潰れるね」

「ええ、潰れちゃうわね。ふふふ」

「姉さままで！」

ショックだぜ！　俺ってそんなに小さいか!?

まあ、ちびっ子だよな。5歳児だもんな。一瞬、忘れてた。

「シェフ、ごちそうさまー！　シェフ、ユキに食べたらお庭に来るように言っといて！」

「殿下、もう行かれるのですか!?」

「うん！　見に行く！」

「リリ！　待ちなさい！」

「え、兄さま。駄目ですか？」

「リュカが来るまで待ちなさい。危ないからね」

「はーい」

「おや、リリアス殿下。今日は早いですね。もう食べられたのですか？」

アラウィンが入ってきて、俺の皿が空になっているのを見て言った。

「おはようございます！　だってアラ殿、早く見に行かなきゃ！」

「対戦ですな。今度こそ、騎士団に勝たせてもらいますよ」

「アラ殿、どうでしょうね？　オクもリュカもいますから！」

「せめて1種目位は、勝ちませんと」

「え、騎士団てそんなに強いのですか？」

「リリ、騎士団は負け知らずだと言っただろう？　騎士団は3種目すべて勝っているよ」

「兄さま、まさか3種目全部勝ってるとは、思いませんでした」

マジか!?　騎士団スゲーな！　もしかしてオクソールの、あの地獄の鍛練の賜物か？

「失礼致します。リリアス殿下、お待たせしました」

「リュカ！　もう、食べたの？」

「はい！　行きますか？」

「うん！　じゃあ、ボク行きます！」

椅子から下りてリュカと部屋を出る。

「リリ、気をつけなさい！　リュカ、頼んだよ」

「はい、クーファル殿下。失礼致します」

「リュカ、待ってたんだ！」

「ハハハ、殿下ならそうだろうと思って、早く食べて来ました」

「えー、リュカちゃんと食べた？」

「はい、食べましたよ」

「じゃあ、いいけど。急がせちゃって、ごめん」

「いえ、殿下。大丈夫です。今日も全種目勝ちますよ！」

「うん、頑張って！」

邸の前庭に出ると、もう隊員達がかなり集まっていた。みんな、ヤル気だぜ！

「殿下、おはよう御座います」

オクソールが俺を見つけて、やって来た。

「オク、おはよう！　ちゃんと食べた？」

「はい、食べましたよ」

「ちゃんと食べないと、力が出ないからね」

「殿下、大丈夫です。勝ちますよ！」

「うん！　頑張って！」

楽しみだ！

「殿下、おはよう御座います！」

アスラールと、アルコースだ。

「おはようございます。あれ？　アスラ殿。アラ殿はまだ食べてましたよ？」

「私達はもう食べました。殿下も今日は早いですね」

「うん！　だって楽しみだもん！」

「ハハハ、どっちが勝つでしょうね」

「アスラ殿、騎士団は負けません！」

「殿下、領主隊だって負けません！」

アスラールとアルコースは審判をするのだそうだ。だから競技には参加しない。

「殿下、始まると危ないから、彼方に行きましょう」

「殿下、このロープから中に入ったら駄目ですよ」

「リュカ、分かった」

「うん。リュカ分かってる」

「では、殿下。また後で」

「はい、アスラ殿」

俺はオクソールとリュカと一緒に、正面の長椅子が並べてあって天幕が張ってある場所に行く。

よく小学校の運動会で、張ってある感じのパイプ式のテントだ。なんか懐かしいなぁ。

領民達も大勢集まってきている。みんなロープの外側に敷物を敷いて見物だ。

彼方此方から、両方の隊員達が声を掛けてくれる。嬉しいねー！

――殿下！　おはよう御座います！

――勝たせてもらいますよ！

――騎士団は全種目勝ちます！

「うん！　領主隊も騎士団も、みんな怪我しない様にね！　頑張ってー！」

――おおーーッ!!

隊員達が揃って叫ぶと、雄叫びみたいだ。圧倒されるよ。

「ねえ、オク。綱引きって3回するんだっけ？」

「はい。16名ずつを2回やって、勝ち残った者で決勝です」

「オクとリュカは別々のチームなの？」

「いえ。勝ちを狙ってますから。リュカと一緒のチームですよ」

オクソールとリュカが同じチームだなんて、ちょっと反則な様な気もする。マジで勝ちにいっているんだ。

「殿下、当然です」

「そうですよ、殿下。今まで騎士団は負け知らずなんですから。ここで負ける訳にいきません」

「オクは良いけど、リュカ頑張ってね」

「殿下、どういう意味ッスか？」

「だってリュカさぁ……」

「あーもういいです！　見てて下さい！　絶対、勝ちます！」

だってなぁ、リュカは領主隊ではないアラウィンの側近のハイクに、腕相撲で負けてるもんなー。

と、思い出して邸を振り返ってみる。やっぱり、窓からみんな見てるよ。

あ、レピオスが夫人に付いていてくれてる。手を振っておこう。

「殿下、遅くなりました」

ニルがユキを連れてきてくれた。

「ニル、ちゃんと食べた？」

「はい。食べましたよ。殿下、もう沢山集まってますね」

「そうだね。みんな張り切ってるしね。ユキ、沢山食べた？」

「ああ。美味かった」

「そう。良かった。ここで見るからね。ユキも一緒に見よう」

「リリ、我は出ないのか？」

「うん。ユキが出たら対戦にならないよ」

「本当ですね。楽勝です」

「ねー、ニルも一緒に見れるの？」

「いえ、私はクーファル殿下が来られたら、フィオン様の所に参ります」

「そっか、お願いね」

「はい。大丈夫ですよ」

「そうなの？」

「はい」

そこへクーファルがやって来た。

「リリ、特等席にいるじゃないか」

「兄さま、はい！　真正面です！」

「ハハハ、張り切っているね。ニル、頼んだよ」

「はい、クーファル殿下。ではリリ殿下。私はこれで」

「うん、ニル。ありがとう。お願いね」

「はい、殿下」

ニルが邸に戻って行った。その邸を見上げると、フィオンが窓から見ているのが分かる。

「フィオンねーさまー!!」

俺は大声で呼びながら、ぶんぶん手を振った。

「アハハッ。リリ、フィオンが困っているよ」

フィオンが、少し恥ずかしそうに小さく手を振ってくれる。

「でも兄さま。姉さまは手を振り返して下さいましたよ」

「ふふふ、そうだね。フィオンはリリが大好きだから喜んでいるだろう。さあ、始まるみたいだよ」

アラウィンが前に出てきた。先ずは領主のお言葉だ。

「皆おはよう！　先日、領主隊と騎士団による、森の合同調査を無事に終える事が出来た！　暫く皆を悩ませていた、原因不明の発熱の原因を解明し無事に駆除する事ができた。皆、ご苦労であった！　今日は、恒例の騎士団対我が領主隊の対戦だ！　領主隊の諸君！　騎士団の全勝記録を止めるのだ！」

——おおーーー!!

「騎士団の諸君！　諸君等の実力を遺憾無く発揮してくれたまえ！」

——おおーーー!!

さあ！　始まりだ！

長くて太いロープが用意される。ロープの真ん中に旗がつけられている。まず1回目の対戦だ。

騎士団16名、領主隊16名がロープを挟んで向かい合わせに定位置につく。

騎士団は団長と副団長がいる。

審判はアルコースだ。

「Ready……」

アルコースが手に持っている旗を上げた。

隊員達がロープを掴む。

見物人まで静まり返っている。

「go!」

アルコースが同時に勢いよく旗を振り下ろし、直ぐに離れる。

——せーーのッ！　せーのッ！　せーのッ！

騎士団も領主隊も同時にロープを引きだした。

真ん中につけられた旗が、ユラユラと領主隊の方へ倒れた。

「ピピー!!」

アルコースの笛が鳴り響く。

1回目の対戦は、領主隊の勝利だ。

「ああ～！　兄さま、騎士団が負けました！」

「まあ、リリ。これは予選みたいなもんだからね。次はオクソールが出るよ」

なるほど、次が本命って訳だな。

ロープが整えられ、隊員達が別の16名と入れ替わる。

「兄さま、オクとリュカです！　一番後ろです！」

「ああ、いつもオクは一番後ろだ」

「そうなのですか？」

「ああ。一番力のある者が、最後尾なんだよ」

「オクとリュカがアンカーだと言ってました！」

審判のアルコースが真ん中に立つ。

「Ready……」

アルコースが旗を上げた。

隊員達がロープを掴む。

なんか空気がピリピリするぜ。たかが綱引きなのにな。屈強な隊員達がやると、迫力が違う！

「go!」

アルコースが同時に勢いよく旗を振り下ろし、直ぐに離れる。

――ピピーー！

アルコースの笛が鳴り響く。なんと、あっという間だった。

最後尾から、オクソールとリュカが数回ロープを引いただけで、勝敗が決まってしまった。

「兄さま、これオクとリュカは反則になりませんか？」

「ハハハ、若干そうかも知れないね」

いや、本当に。若干どころじゃないよ。

こんなの、力の差がありすぎるじゃないか。だってオクソールとリュカは全然全力じゃなかったぞ。余裕があった。だってリュカなんて俺の方を見て満面の笑みだったからな。

さて、決勝戦だ。

騎士団は、オクソールとリュカがいる。

領主隊は、隊長のウルや副団長がいる。

「Ready……」

アルコースが旗を上げた。

隊員達がロープを摑む。

最終決戦だ！　どっちも頑張れ！

「go!」

アルコースが、同時に勢いよく旗を振り下げ、直ぐに離れる。

——せーーのッ！　せーのッ！　せーのッ！

騎士団も領主隊も同時に、皆ロープを脇にしっかり挟んで引きだした。

おー！　今度は領主隊も踏ん張っている。

——せーーのッ！　せーのッ！　せーのッ！

しかし、最初は耐えているだけだった最後尾のオクソールとリュカが引き始めると、しっかりと踏ん張っていた筈の領主隊がズルズルと引きずられ始めて……

――ピピーー！

「騎士団の勝利!!」

――おぉーー!!

そりゃそうだよ。獣人が二人もいるんだよ。身体能力が違いすぎる。やっぱ反則だよね。

「兄さま、次からはオクとリュカは、出場させたら駄目ですね」

「リリ、何を言ってるんだい？　勝つためには手段を選んではいけないよ？」

ええー！　クーファルも確信犯だったか!?

騎士団と領主隊から2名ずつ、籠を背負った隊員達が出てきた。

あ、シェフだ！　籠を背負って出てきた。

「シェフー！　頑張ってーー！」

俺は大声で、応援する。シェフが手を上げて応えてくれた。

両手に一つずつ、ふわふわの球を持った隊員達が31名ずつ出てきた。

領主隊が赤、騎士団が第2騎士団の色の碧色だ。

籠を背負った隊員だけ立っていて、後の隊員は皆しゃがんでいる。

「兄さま、しゃがんでスタートなんですか？」

「ああ。球を入れる者は必ず片膝をついて、しゃがんでスタートだ」

へぇ～。そんなルールなんだ。

「兄さま、何分入れられるのですか？」

「３分だ。昔は５分だったらしいんだけどね。５分だと、騎士団は全部入れてしまうんだよ。それで最近は３分に短縮したんだ」

「全部入れちゃうんですか!?」

「そうだよ」

騎士団凄い！　想像できないぞ。全部球を入れてしまうなんて聞いた事がない。

今度はアスラールが審判で前に出てきた。片手に旗を持っている。

「片膝をついているかー!?」

——おぉー!!

「Ready……」

アスラールが旗を上げた。

隊員達が、じっと目当ての籠を見る。

「go!!」

アスラールが同時に勢いよく旗を振り下げ、直ぐに走ってコートから離れる。

籠を背負った隊員達が、逃げまくる。

その籠を目掛けて、球を投げる隊員達。ポコポコと隊員達に当たっている。籠を持った者は頭にも当たっている。

「うわ、痛そう！」

「ハハハ、リリ当たっても痛くないよ」

「兄さま、そうですか？」

「ああ、おがくずを入れてあるからね」

「そうなんだ」

シェフが逃げまくっている。

逃げながら、飛んでくる球をヒョイヒョイと身をひるがえして避けている。

「シェフ、凄い！」

「アハハハ！　本当に、リリのシェフは凄いね」

シェフ、楽しんでる？　遊んでるのか？

ヒョイと片足を上げたり、ピョンとジャンプしたり。ヨッ！　ホッ！　ハッ！　と、かけ声までかけている。全然、余裕じゃん！　あれは対戦相手はムカつくよなぁ。

――ピピーー！

「殿下、数えますか？」

アルコースが誘いに来てくれた。

「うんッ！　数える！」

俺は、アルコースに抱き上げられて、中央へ行く。

――リリアス殿下だ！

――あー！　殿下！

――殿下、かーわいーい！

見学の領民達から声があがる。恥ずかしいからやめてほしい。

「殿下、真ん中で数えて下さい。俺は騎士団の球を、兄は領主隊の球を1個ずつ上に投げます。どちらかが、無くなったら終わりです」

「うん！　アルコース殿、分かった！」

「殿下、殿下！　これに乗って下さい！　殿下、小さいから！」

リュカが台を持って走ってきて、また余計な事を言った。

「もう！　リュカ、また！」

「ほら、始めて下さい！」

アスラールとアルコースが籠を持ってスタンバッている。俺はピョンと台に乗った。

「いきまーす！　いーち！　にー！　さーん！　…………！」

俺が数えるのに合わせて、球が上に投げられる。

「……ごじゅう！　ごじゅういち！」

ここで、領主隊の球が無くなった。

「殿下、騎士団が無くなるまで数えましょう」

アスラールが教えてくれる。

「ごじゅうにー！　ごじゅうさーん！　ごじゅうよーん！　ごじゅうごー！　ごじゅうろーく！　ごじゅうなーな！　ごじゅうはーち！」

ここで騎士団の球も無くなった。

「58対51で、騎士団の勝ちー！」

俺が大きな声で告げる！

——おおーーー!!

えっ!?　凄くない!?　其々62個あったんだよ。

62個中58個入れるなんて、俺は聞いた事ない！　まあ、小学校の玉入れしか知らないんだけど。

領主隊だって、充分凄いよ。51個も入れたんだから。

「殿下、有難うございました。次は危ないので、戻りましょう」

アスラールがそう言って、抱き上げてくれてクーファルの側に戻る。

「リリ、かわいかったよ」

「兄さま、やめて下さい。ボクも参加したいです」

「もっと大きくなったらね」

「兄さまは参加しないのですか？」

「私はしないよ。フレイ兄上はいつも参加するみたいだよ」

「そうなんですか？　あー、でもフレイ兄さまは、ムキになってやっていそうです」

「アハハハ。リリ、その通りだね」

ちょっと脳筋なうちの長男だ。

騎士団とオクソール、リュカ、シェフ。

領主隊から33名の選抜隊。

両手に赤と碧の紙風船をつけて、剣の代わりのフヨンフヨンした柔らかい棒を持って出てきた。

多少打たれてもそう痛くはないだろう。

——領主隊頑張れー！

――最後だぞー！

――勝てよー！

領民達が声援を送る。

さあ、最終決戦だ！

領主隊は、両手首に赤の紙風船を着け赤の棒。

騎士団は、両手首に碧の紙風船を着け碧の棒。

前庭にテニスコート位の大きさの長方形が描かれている。

最初は、左右両側に分かれて、地面にうつ伏せの状態からスタートらしい。

「兄さま、これは何分逃げるんですか？」

「10分だよ。時々10分かからずに、騎士団が勝ってしまう事もあるんだよ」

「えっ、騎士団凄い！」

「ああ、騎士団は帝国の精鋭達だからね」

そうだったよ。騎士団は選び抜かれた精鋭達なんだ。

騎士団も領主隊も、それぞれ気合を入れている。

――勝つぞー！

――おーー!!

領主隊だ。前世でもやってたよなぁ～。円陣組んでさぁ。

――きしだーん！

――おーー!!

アハハッ！　まんまじゃん！

辺境伯邸の前庭に、野太い声が響き渡る。

「みんなー！　頑張ってー！」

——おぉーー!!

俺も声援を送る。その場でピョンピョン跳ねながら、両腕をブンブンと大きく振る。

審判はアスラールだ。

地面に描かれている、長方形の外から合図をするらしい。危ないもんな。

「分かっているだろうが、顔や頭を殴るのは反則だからな！」

——おうっ!!

「Ready……」

アスラールが旗を上げた。

騎士団も領主隊も、全員うつ伏せだ。

「go!!」

アスラールが勢いよく旗を振り下げた。

同時に、うつ伏せだった隊員達が一斉にガバッと起きて走り出した。

パフン！　パフン！　パフーン！

これは、隊員達が棒で手首に着けている紙風船を狙って叩いた音だ。

当たっても痛くないように作ってあるのだろう。ふにゃふにゃらしいよ。でも見ていると痛そう。

音がちょっと、おマヌケだ。

しかし……これは……

どっちも、身体能力が半端ない。オクとリュカなんて、躱すのが早くて紙風船にかすりもしない。あ、シェフもだ。ヒョイ、ヒョイと上手く躱している。シェフは身軽だよなぁ。

「ブヘェッ!!」

あ！　リュカがズザッと転けた！　あいつは何でいつも転けてるんだ!?　しかもマヌケな声を出して。

周りにいた領主隊の隊員達は、チャンスとばかりに転けたリュカの手首を狙って叩く。

が、リュカはあっという間に、立ち上がって反撃に出た。

油断していた領主隊は、慌てて回避するがリュカに紙風船を割られてしまう。

オクソールとシェフは、涼しい顔をして飄々と避けている。オクソールなんて全然表情が変わらない。余裕なんだ。

「兄さま、オクとリュカは勿論ですが、シェフは凄いですね」

「本当だね。何でシェフを希望したのか分からないな。今でも朝のオクソールの鍛練に参加しているらしいしね」

あの地獄の鍛練に参加しているのか。意味が分かんないぞ。

今、両方の紙風船が残っているのは、オクソール、リュカ、シェフ、そして両隊の隊長、副隊長を含めて数人。あー、そっか。彼等は無駄な動きがないんだ。

若い隊員達は体力も勢いもあるが、動作が大きいので分かりやすい。狙いやすいし、当てやすい。

「兄さま、これどうするんですか？」

「リリ、何がだい？」

「こんなの、オクとリュカには、当てられませんよ」

「そうだろう？　凄いよね」

いや、クーファルそうじゃなくてさ。まあ、確信犯だからな。

――ピピーー！

終了の笛が鳴った。

「手首の紙風船が残っている者だけ立て！　後はしゃがんでくれ！」

あー……もう一目瞭然だ。

オクソールとリュカ、シェフはもちろん立っている。

領主隊で立っている者が隊長のウルを含めて３名。

騎士団で立っている者が隊長、副団長含めて12名。

アスラールが声高に言う。

「この競技、騎士団の勝利！　よって、今回の決戦は騎士団の勝利!!」

――おおーーーッ!!

騎士団の隊員達が全員立ち上がって叫んだ！　手に持っていた、碧の棒を高く投げ上げている。

「殿下ー!!」

騎士団の隊員とリュカが叫びながら、走って来た。

「おめでとうー!!」

「よくやった！」

俺もクーファルも、立ち上がって勝利を讃える！　観客からも拍手が起こる。

「殿下！　行きましょう！」

「えッ！　リュカ!?」

俺はリュカに手を引かれて、中央に出る。

――殿下ー！

――やりましたー！

――あー！　殿下！　負けましたー！

――殿下ー！

皆、口々に半分叫びながら、やって来る。

「皆！　カッコよかったよー！　おつかれさまー！」

――おーーッ!!

俺はオクソールに高く抱き上げられた。

「殿下、危ないですから」

「キャハハハ！　オク、ありがとう！　みんな！　すごい！　すごいよー！」

オクソールの肩に乗せられた俺は、隊員達とハイタッチだ！

「にーさまー！　にーさまも早くー！」

クーファルを呼ぶ。

「ユキー！　兄さま連れてきてー！　おいでー！」

俺がそう呼ぶと、ユキがクーファルを押しながらやってきた。

「騎士団も領主隊も、よくやった！」

――おーーッ!!

クーファルが、隊員達の輪の中に押し入れられながら叫ぶ。

「領主隊！　この地を守ってくれ！　頼んだぞ!!」

――はッ!!

ズザッ！　と、領主隊が片手を胸に背を正す。前世だと、敬礼みたいなもんだ。

「騎士団！　帝国を頼んだぞ!!」

――はッ!!

騎士団も同じだ。カッケーな！

「みんなー！　お昼食べるよー！」

――えぇ～!!

「ブハハハハ！　殿下、このタイミングで昼飯ですか!?」

「リユカ、だってお腹すいた！」

隊員達や観客から、ドッと笑いが起きた。

「えッ？　なんで？」

「まありリらしいよ」

「兄さま、お腹すきませんか？」

「すいたね。さあ、皆で食べよう！」

――ハハハハ!!

領主隊や騎士団だけでなく、見学している領民達からも笑いが起こった。

「さあ！　皆さん！　食事ですよ！　沢山食べて下さい！」

シェフはもうエプロンをつけている。手には串に刺した焼けた肉を持っている。

今日の昼食は、朝にシェフと相談して料理人達に伝えておいたバーベキューだ。

もう前庭は競技場から、バーベキュー場に早替わりしている。

料理人達が、肉と野菜を串に刺したものをどんどん焼いていく。

クリームシチューも大きな鍋ごと並べてある。あとは、トマト味の魚介のスープパスタだ。

料理人達が、パスタの麺を朝から作ってくれていた。

おにぎりもズラッと並べてあって、その横にはパエリアだ。

「さあ！　皆、どんどん食べてくれ！　たくさん用意してあるからな！　遠慮はいらないぞ！」

アスラールが観客達に呼びかけると、小さい子供がワーッと肉に集まる。

「ワイン開けるぞー!!」

アルコースが叫ぶと、大人達がワイン樽に群がる。

「兄さま、お祭りですね！」

「ああ！　どこでも最後はこうだ！」

「兄さま！　楽しいです！　平和です！　良かった！」

「ああ、リリ。良かった！」

クーファルに頭をクシャクシャッと撫でられた。

「殿下、シェフにもらいに行きましょう！」

「うん！　オク、行こう！　ユキ、行くよ！」

「リリ、我は肉がいいぞ！」

「殿下！　ユキ！　行きますよ！」

「リュカ！　待って！」

オクソールに抱き上げられたまま、人混みを移動する。

「リリ殿下！」

「あ！　おっちゃん！」

ニルズだ。俺の二番目の心の友だ。一番目はもちろんレピオスだ！

「おっちゃん来てたの!?」

「ああ！　そりゃあ見にくるさ！」

「クーファル殿下、リリアス殿下！」

「テティ！　二人共来てるの全然気づかなかったよ！」

「俺達は酒飲みながら、ワイワイと見てたさ！　それにしても、オクソールさん！　スゲーな！　飛び抜けてたよ！」

ニルズはまた、オクソールの肩をバシバシ叩いている。無敵だぜ。

「ハハハ、有難う御座います」

「ニルズさん！　俺は!?」

「なんだよ、リュカ！　お前、盛大に転けてたじゃねーか！」

「キャハハハ！　リュカ転けてたね！　ブヘェッ！　て転けてた！」

「殿下もニルズさんも酷いッスよー！」

「ハハハ！　確かにリュカ、転けてたな！」

「クーファル殿下まで！」

たくさん、応援した！　たくさん、食べた！　たくさん、笑った！

俺、前世でもこんなに楽しかった事はないかも知れない。

最近、５歳児にかなり引っ張られてるが、それも良いかも知れない。無邪気って事でさ。

腹一杯たべて、笑って、平和が一番だ！


リリアスはいつの間にかスヤスヤと寝息を立てていた。

良い夢でも見ているのだろうか。眠っているのに穏やかに微笑んでいる。

「エヘヘ」

「寝られましたね」

「ふふふ、はしゃいでいたからな」

「クーファル殿下、私はこのままリリアス殿下を、部屋にお連れします」

「ああ、オクソール頼んだよ」

「いい顔して、寝てるじゃねーか」

「本当に。可愛らしい殿下ですね」

「では、皆さんはゆっくりして下さい」

オクソールが、眠ってしまったリリアスを抱っこして、邸に歩いて行った。

リュカが、先にニルに知らせに走る。

オクソールに抱っこされている、リリアスの寝顔を優しい目で見つめながらクーファルが静かに話し出す。

「ニルズ、テティ。リリが喜んでいたよ。世話になったね、有難う」

「クーファル殿下、とんでもないです。世話になったのは、こっちの方だ」

「そうです。クーファル殿下。勿体ないお言葉です」

「またリリが来た時には、相手をしてやってくれるかい？」

「もちろんです。殿下、もう帰られるのですか？」

「ああ、テティ。森の調査も終わったし、転移門も修復したからね」

「転移門ッスか。俺らが若い頃に使えなくなったと聞いてますが？」

「そうね。たしかスタンピードの時ですよね？」

「そうだね。リリが修復したんだ」

「リリ殿下がですかい!?」

「まだお小さいのに……！」

「これからは、いつでも来る事ができる。リリがまた来たら宜しく頼むよ」

「殿下、もちろんですよ！」

「はい！　いつでもお越し下さい。リリアス殿下なら大歓迎です」

「ニルズ、テティ、有難う」

オクソールがそっと抱っこして歩いている。そのオクソールの目も優しさに溢れていた。


あれ？　目が覚めたらまたベッドの中だった。

「殿下、お目覚めですか？　今日もオクソール様が」

オクソール、毎日本当に有難う。

ベッドから、のそのそと下りてソファーに座ると、大きいままのユキが付いてきて、俺の足元に腹ばいになる。

「殿下、りんごジュースをどうぞ。ユキも」

「ニル、ありがとう」

「ああ、すまない」

「……ふぅ……」

「殿下、疲れましたか？」

「ううん。なんかね。終わったなぁ、て思って」

「終わりましたね」

「うん。後は帰るだけだね」

「はい。殿下。長かったですね」

「うん」

「リリ、また来ればよい」

「ユキ、そうだね」

色々あったけど、いざ帰るとなるとちょっぴり寂しいな。

「リリ、明日一日は騎士団が準備をする。明後日、帰ろうか」

「はい、兄さま」

俺達は、夕食を食べている。ここでの夕食も明日で終わりだ。

「クーファル殿下、フィオン様、リリアス殿下。本当に有難うございました」

「辺境伯、役に立てた様で良かったよ」

「クーファル殿下。領地だけでなく、我が家族を救って頂きました。感謝しております」

「父上、寂しくなりますね」

「アスラール、本当だな」

「はい兄上、寂しくなります」

「アラ殿、アスラ殿、アルコース殿。また、いつでも来る事ができます。それに、定期的に魔力の補充にも来ます」

「リリアス殿下。そうですね。いつでも、お越し下さい！」

「アスラ殿、ありがとうございます」

「殿下方、この後少し宜しいでしょうか？」

「辺境伯、ああ。分かった。結論が出たのだな？」

「はい、クーファル殿下」

ん？　何だ？　何だ？

俺達は食事を終えて、応接室に来ている。

「失礼致します」

夫人が、レピオスに付き添われて入ってきた。足取りもしっかりしてきた。もう安心だろう。

「夫人、元気になられましたね」

「ええ、リリアス殿下。有難うございます」

「レピオスどうかな？」

「はい、殿下。もう、薬湯も必要ないでしょう。後は時が癒してくれるでしょう」

「良かった」

本当に良かった。あのドレスの下の血溜まりを見た時はゾッとした。

「ご報告がございます」

「辺境伯、聞こうか」

なんだ？　一体なんだろう？　もう問題は満腹だぞ？

「殿下、アルコースがフィオン様と正式に婚約する事になりました」

なんだってー！　フィオン！　良かったじゃん！

いつの間にだよ。クーファルは知っていたな。

「フィオン姉さま、おめでとうございます！」

「リリ、有難う。お兄様、有難うございました」

「フィオン、良かったね」

なんだなんだ？　俺は全然分からないぞ。どうしてこうなったのか、教えて欲しいなぁ。

「え？　えっ？　兄さま、何ですか!?」

「いや、二人を見ていると焦《じれ》ったくてね。少しだけ、お節介を焼いたんだ」

「兄さま！」

俺は隣に座っていたクーファルに抱きついた。

「おや、リリ。どうした？」

「兄さま、お手柄です！　本当に焦ったかったですから！」

「リリ、止めてちょうだい！　恥ずかしいわ！」

「姉さま、本当に良かったです！」

今度はフィオンに抱きついた。

「リリ、有難う。リリと離れるのは寂しいけど」

「姉さま、何言ってるんですか！　ボクより、アルコース殿でしょう。アルコース殿、フィオン姉さまを宜しくお願いします」

「ええ、殿下。一生大事にしますよ」

「もう、止めて下さい。本当に、恥ずかしい」

あー、フィオン。真っ赤っかだよ！　可愛いねー！　本当、良かったよ！

アルコースの卒業式に泣いたフィオンだ。その頃から想っていたのだろうな。良かったよ。

「また、正式な婚約の為に、城に参ります。内々ですが、殿下方にはお話ししておこうと思いまして」

「そうだね。まあ、これからはいつでも行き来できる」

うんうん。俺が転移門を修復したからな！

「殿下、もう一つご報告が御座います」

「夫人、何かな？」

「実は、アスラールも決まりました」

「ええー！　アスラ殿！　どなたですか!?」

「ハハハ、リリアス殿下。そう食いつかないで下さい」

「だって、全然気付きませんでした」

「殿下がご存知ない者ですから。薬師のアイシャの一番下の妹です」

「ああ！　幼なじみの!?」

「はい。幼なじみで、従兄妹にあたります。殿下のお陰です」

「へ？　どうしてですか？」

「殿下方が、ケイアの件を解決して下さったからです。だから、私もアルコースも決心できました。有難うございます」

「はい、兄の言う通りです。私は……フィオン様の事は諦めておりました。それが、まだ夢の様です」

ああ、そうか。ケイアの事があるから、婚姻しないでいるとルーが言ってたな。こんな問題のある家に迎える訳にはいかないと。

「二人共、おめでとう」

おめでとう！　アスラール、アルコース、自分の幸せを諦めるなんてあってはならないんだ。

皆、幸せになる権利は平等でないとならない。誰もが幸せを、諦めなくていい領地にしてほしい。

「本当におめでとうございます！」

「クーファル殿下、リリアス殿下。有難うございます」

「本当に有難うございます」

いやぁ〜、良かった。良かったよ〜！


さて、翌日だ。

「殿下、今日はどうされますか？」

「ニル、どうって？」

「明日、帰りますよね？　今日は会っておきたい方に、会いに行かれるかと思ったのですが」

「ああ、そうだね。どうしようかな。兄さまに聞いてみるよ。ちょっと、やりたい事もあるんだ」

「はい、分かりました」

俺は、ベッドから下りて顔を洗う。ニルに手伝ってもらいながら、着替える。

「あれ？　ユキは？」

そうだ。もうユキがいない。

「お腹がすいたと、もう調理場に行きましたよ」

「早いね」

「よく食べますから」

「本当によく食べるよね」

ニルと食堂へ向かうと、クーファルとソールが前を歩いていた。

「あ、兄さま！　おはようございます！」

「リリ、おはよう。昨夜は頑張って起きていたね」

頑張ったよ。もうギリギリだった。

「部屋に着いてからの、記憶がありません」

「ニル、ご苦労だったね」

「クーファル殿下、とんでも御座いません」

「兄さま、ボクはお腹いっぱいになったら、起きていられません。ヤバヤバです」

「もう少し大きくなったら、大丈夫だよ。もうあと1～2年じゃないかな？」

「兄さまも、そうでしたか？」

「いや、私はリリ程寝なかったね」

なんだって？

「人それぞれだから、気にしないで良いよ」

クーファルは幼い頃から大人びていたのかな？　今は一番頼りになる兄だ。

ソールが食堂のドアを開けてくれる。丁度アスラールがやって来た。

「おはよう御座います。クーファル殿下、リリアス殿下」

「おはよう」

「アスラ殿、おはようございます！」

ぐふふ……！

「リリアス殿下、ニヤけないで下さい。こっちが恥ずかしくなります」

「エヘヘ。だって、つい。ねぇ」

「おはよう御座います。お二人共、お早いですね」

出た。アルコースとフィオンだ。二人お揃いだ。

「おはようございます。姉さま、おはようございます」

ぐふふふ……余計にニマニマしてしまうぜ。

「リリ、せっかくの可愛いお顔が、変になっているわよ」

「姉さま、酷い！」

「アハハ、リリ。普通にしなさい。ニヤけない」

「はーい、兄さま」

席につくとシェフがやってきた。

「殿下、おはよう御座いますッ！」

「シェフ、おはよう」

「今日はシンプルに、ベーコンと卵のホットサンドです！」

「ありがとう。今日もおいしそう！」

あーん！　と大きな口を開けて食べる。卵の黄身が少しかための半熟でベーコンとのバランスが絶妙だね。うん、今日も美味い！

つい食べる事に夢中になってしまったぞ。クーファルに聞こうと思っていた事があるんだよ。

「兄さま、相談があります」

「リリなんだい？　今、聞いてもいいのかな？」

「はい」

俺は、ホットサンドを口に入れて、少し慌ててモグモグする。

「リリ、ゆっくり食べなさい。話は食べてからにしよう」

「……兄さま、すみません。シェフ、とっても美味しいよー！」

「殿下ぁッ！　有難うございますッ！」

「とろけるチーズが入ってる！　とろっとろ！」

「はい、こちらのチーズは美味しいですから！」

「うん！　美味しい！」

口の中が玉手箱だよ〜！

転移門を使って、定期的に食料取りに来たら駄目かな？　シェフ連れてさ。美味いよなー！


さて、朝食を済ませてクーファルの部屋に来ている。

「殿下、りんごジュースはないのですが、アップルティーをどうぞ」

「ソール、ありがとう」

うん、りんごの香りがいい。ちょっとフーフーしてゆっくりと飲む。大人の味だ。

「で、リリなんだい？」

「兄さま、お手紙を転送できるお道具を作ろうと思うのです」

「手紙を転送？」

「はい。こっちでお手紙をのせて、魔力を流したらお城に届く様な感じです」

「いいね、それ」

「でしょう？　こっちに転移門を使って来たとしても、誰も知らなくて扉が開いてないとか嫌ですしぃ。何日に行くよー、とかお知らせできたら良いなー、と思ったのです」

「そうだね。父上も喜びそうだ」

だろう？　辺境伯領にお手紙出しても、届くまで何日も掛かるんだ。それは不便だよな。

「取り敢えず、フィオンが確実に喜ぶね」

「じゃあ、ルー様に父上の意見を聞いてもらおうか」

「はい！　兄さま！」

「はい。ルー」

俺が呼ぶと、ポンッとルーが現れた。

「リリ、呼んだかな？」

「うん。ルーに確認して欲しい事と、教えて欲しい事があるの。あー、それとね……」

俺は、ルーに説明した。

「じゃあ、取り敢えず皇帝に聞いてくるよ」

「うん。おねがい。ルー、ありがとう」

「なんだリリ。今日はえらい素直だな」

俺はいつも素直だよ！　今回はルーに色々動いてもらっていたから、ちょっと悪いなって思っているんだ。精霊に食事を運ばせたりしていたんだからね。

「ルー、姉さまの事でも動いてくれていたんでしょ？」

「あー、まあな。まとまって良かったよ」

「うん。だからありがとう。ルーのお陰で、姉さまも幸せになれるよ」

「辺境伯一家と縁が出来るのは、良い事だ。それに、フィオンもアルコースも、気持ちを抑えて諦めようとしていただろう？　それは、辛い事だよ。こっちで、クーファルとリリが解決したからこそ、出来た事だ」

「そうかも知れないけど。でも、ルーありがとう」

「ハハハ、良いって事さ。じゃあ、ちょっと聞いてくるな」

そう言ってルーは、ポンッと消えた。お人好しな精霊さんだ。

今回は毎日という程、城とこの邸とを行き来してくれた。父や母、皇后の意向を汲んで、シェフが作ったものを持ってだ。それに、こちらの状況を逐一知らせてくれていたらしい。

本当に、手間を掛けたね。ありがとう。

「リリ、でもどうやって作るんだい？」

「兄さま、全然分かりません」

「え……？」

「だってボク、そんなの作った事ないです」

「まあ、誰も作った事はないと思うけど」

「だから、ルーに聞きます。あ、もしかして魔術師団の人だと知ってるのかな？」

「リリ、マジックバッグの作り方は、誰に教えてもらったのかな？」

「あれはレピオスに教わりました」

て、言うか、俺が魔法を教わっているのは、ルーかレピオスだ。

「そうなのかい？　でも、レピオスは医師だよ？　兄様は知らなかったよ」

「そうなんですか？　兄さまは誰に魔法を教わったのですか？」

「私は城の魔術師団の団長だね」

「ボク、城の魔術師団て全然知らないです」

「そうだったか。城に帰ったら会ってみるかい？」

「はい、兄さま。ボク、教わりたい事が沢山あります」

「そうか。じゃあ、兄様と一緒に魔術師団に行ってみよう」

「はい、兄さま！」

その時、ポンッとルーが戻ってきた。

「おまたせー！」

「ルー、早いねー」

「いや、皇帝が食いついてきたよ。良い考えだってさ。是非、作って欲しいそうだよ」

「そう、じゃあルー教えて」

「ああ。それとな、リリ。城に帰って来てからでいいから、何個か作って欲しいそうだ」

「いいけど。なんで？」

「売るんだとさ」

何をどう考えたら、そうなるんだ？　商売をするのか？

「……マジで？」

「父上は何を考えておられるのか……」

ほら、クーファルも呆れてため息をついてるぜ。きっと考えている事は同じだ。

「父さま、商売するの？」

「城の専売にしたいんだとさ」

「えぇー、それは駄目」

「駄目か？」

駄目に決まってるじゃないか！

「うん。商売は民に任せなきゃ。経済が潤わないよ」

「なんか小難しい事言ったな」

ハッハッハ、なんせ中身は社会人だからな！

「しかし、リリの言う通りだ。ルー様、誰にでも作れる物ですか？」

「いや、そこそこ普通に魔力はいるよ？」

「魔術師団には作れますか？」

「どうだろ？　僕は城の魔術師団が、どの程度なのか知らないからね。街で魔道具を作って、商売している者がいるだろ？　彼等なら、作り方さえ教えてあげれば、作れるんじゃないかな？」

「じゃあ、魔術師団も作れますね。なら、作り方の権利だけ城にして、物を売るのは民に任せないと」

「そこは、クーファルかフレイが、決めれば良いんじゃないか？」

「そうですね。そうします。父上は普段呑気なクセに、時々テンションが変になる。悪い癖だ」

「ハハハ！　息子達の方がしっかりしてるからな」

本当だよ。父よ、しっかりしようぜ。嬉しがって思いついたんだろうな。様子が目に浮かぶよ。

「リリ、取り敢えず魔石がいるな」

「あらら。ボク持ってないよ」

「リリ、兄様と街に買い物に行こう」

「兄さま、行きます！」

「はいはい。じゃあ行ってきな。帰って来たらまた呼んでよ」

「うん」

俺はルーに、どうしたいか構想を説明した。

その為に、どんな魔石が必要かを聞いてルーはまた消えた。

「じゃあ、兄さま行きましょう……あ！　駄目です！」

「リリ、まだ何かあるのかい？」

「兄さま、大変な事を忘れてました……」

肝心な事を忘れてたよ！　どーすんだ!?

「リリ、どうした？」

「兄さま……ボク、お金がありません」

「……リリ、兄様が持っているから」

「兄さま、買ってくれるのですか？」

「もちろんだ」

「兄さま、ありがとうございます！」

やったぜ！　クーファル太っ腹だ！

「そうか。リリはまだ買い物をした事がなかったね」

「はい。ありません。街に行った事がないです」

「そうか。じゃあ今日は練習だ」

「はい、兄さま！」

こっちで生まれて初めての街だ。買い物だ。ちょっと、ワクワクするぜ。

それと、もう一つの考えをクーファルに相談した。転移門の容量は充分なんだ。だからな、出来たら便利だと思うんだ。

「リリ、分かったよ。辺境伯に相談しておこう」

やったね。できたら本当に便利だ。もしもの時にも良いと思うんだ。


俺はクーファルやソールと一緒に、馬車に乗っている。

馬車の前後に、オクソールとリュカが馬で付いている。

「兄さま、馬車はどうするんですか？」

「街に馬車預かりがあるんだよ。そこに預けるんだ」

「へぇ～」

パーキングみたいだな。

俺は馬車の中から外を見る。あれ？　あれはアルコースじゃないか？　どうしたんだ？

「兄さま、アルコース殿が馬で追いかけてきます」

「アルコース殿が？」

馬車がゆっくりと止まった。ソールが馬車の窓を開けた。

「殿下、街に行かれるそうで」

「ああ。リリと少し買い物をね」

「ご一緒します。お声を掛けて下されば、ご案内しますよ」

「リリの練習に良いと思い付いたからね。じゃあ、アルコース頼むよ」

「はい、殿下」

きっとよく知っているのだろう。知った人に案内してもらえるのならその方が安心だ。

馬車が走りだし、少しするとまた止まった。

「殿下、馬車はここまでだそうです」

どうやら、もう街に着いたらしい。近いよな？　わざわざ馬車に乗る必要あんのか？

天気も良いし、ユキに乗ってのんびり行きたい感じだな。

「リリ、降りよう」

「はい、兄さま」

先にソールが降りて、馬車から降ろしてくれた。街かぁ……初めてだ。色んな匂いがする。何かを焼いている様な香ばしい匂い。焼き立てのパンの良い匂いもする。生活があるんだなぁ。

この世界で生きているんだ。信号もない、コンビニもない。俺もこの世界で生きて行くんだ。

「殿下、どちらにご案内しましょうか？」

「リリがね、魔石を買いたいそうなんだ」

「魔石ですか。では、あちらの区画ですね」

アルコースとソールが前を歩き、その後ろをクーファルと手を繋いで歩く。

俺達の後ろには、オクソールとリュカだ。

「エヘヘ」

「ん？　リリどうした？」

「兄さまと手を繋いで歩くのは、久しぶりです」

俺はちょっとスキップしてしまった。中身は大人なのに、かなり恥ずい。

「ああ、そうだね。リリはもう5歳だから、手を繋ぐのも少なくなったね」

「はい。兄さまは大きいです。手も、背も大きいです」

「リリも大きくなるさ」

「そうですか？」

「ああ。兄様はずっと、小さいリリでいてほしい気もするね」

「兄さま、それは嫌です」

「そうかい？」

「はい。いつまでも、守ってもらうだけなのは嫌です」

「リリ……リリはまだ小さいから良いんだよ」

「だから、早く大きくなりたいです」

「急がなくていい。ゆっくりでいいよ」

「兄さま」

前を歩いていたアルコースが、手で指しながら教えてくれた。

「殿下、この一画が魔石や魔道具を、売っている店が並んでます」

「アルコース、魔石はどこがお勧めかな？」

「はい、こちらです。邸にも納品して貰っている店があります」

アルコースが一つの店に入って行く。辺境伯家御用達の店なのに、こぢんまりとしていて、家庭的な雰囲気のある店だ。ソールが扉を開けてくれている。カランコロンと懐かしい音がする。

「ソール、ありがとう」

「いいえ、殿下」

ソールは、気遣いの出来る大人って感じだ。

「わぁ、凄い……！」

店に入ると、魔石や魔道具にアクセサリーがいっぱいだった。全部魔石を使っているのだろう。

お高そうな魔石やアクセサリーは鍵付きのガラス棚に入っている。かと思えば、お手軽に買えそうな小物類も置いてある。この店で全部揃いそうだな。

店番のお婆さんがニコニコして見ている。おう、黒いマントを着ていて凄く魔女っぽい。

「リリ、ルー様が言ってたのは魔石だけだったかな？」

「いえ、兄さま。お手紙を入れる箱もいるそうです」

「そうか。この店で揃いそうだね」

「兄さま、またお願いがあります」

「ん？　どうした？」

ゴニョゴニョと、クーファルに耳打ちした。

「ああ、好きなのを選ぶといいよ」

「兄さま、ありがとうございます！」

やったぜ、クーファル有難う！　取り敢えず、先に魔石だ。

「どれ位の大きさがいるのかな？」

「兄さま、1センチ位で良いそうです。あ、あと、例えば魔力を流す人が火属性なら、火属性を通しやすいのがいいと」

俺はよく分からん。

「そうか。アルコース、ちょっといいかな？」

「はい、殿下。どうされました？」

「君の家族で、共通した魔力属性はあるのかな？」

「共通ですか……風ですね。父や兄も私も風属性が使えます」

なるほど、そうか。風属性と相性の良い魔石を使うと、三人に使えると言う事か。

「兄さま、どの属性にも、相性の良い魔石はあるのですか？」

「ああ、あるよ。そうだな……例えばこれだ」

クーファルがガラス棚に陳列してあった透明な石を指さした。これは前世にもあった馴染のある物だ。

「クリスタルですか？」

「ああ。でもこのクリスタルは、装飾に使うのとは違って、魔素を多く含んでいるんだ。魔物からとれる魔石は、魔物の属性と同じだ。鉱石もそうなんだが、その中でもクリスタルは違う。後は、ここにはないけど、白金だね。どれも普通の石とは違う魔石だ」

でも、きっとそれだけお値段もいいのだろうな。

「兄さま、じゃあ今日は風ですか？」

「そうだね。ここら辺かな？」

クーファルが選んだのは、エメラルドの様な緑色の魔石。

「兄さま、お城には魔石はありますか？」

「ああ、あるよ。だから、風属性だけで大丈夫だ」

「はい。じゃあこれにします。兄さま、これを買って下さい」

俺は緑の魔石を手に乗せて、クーファルに差し出す。

「リリ、1個でいいのかな？」

「はい。もし改良したら、またその時に考えます」

「そう。じゃありリ、あっちを見ておいで」

クーファルが目で店の一角を示す。

「はい、兄さま。ちょっと待ってて下さい」

俺はクーファルが示した方へ行く。んー、どれも一緒に見えるぜ。

俺、前世でもこんなの苦手だったんだよな。

「殿下、贈り物ですか?」

「オク、まだ内緒だよ。姉さまにね。でも、どれも一緒に見える」

「そうですね」

「殿下もオクソール様も、疎いですもんね」

「リュカ、なんかやだ」

「え? 何でですか?」

「ねえ、オク。嫌だよね? まるでリュカは疎くないみたいじゃん」

「はい、そうですよね」

ん〜、これは自分で選びたい。普段使えて、他にアクセサリーをつけても邪魔しないのがいい。

それに、俺の金じゃないし。

「これにしよ」

「殿下、そんなに華奢なので良いんですか?」

「うん。守る魔石をつけるからいつも身につけてほしいの。だから邪魔しない様に。それに、ボクのお金じゃないから」

「そうでした。殿下は今日が初めてでしたね」

そうなんだよ。俺は、街に出るのも初めてだ。城に戻っても、時々街に出たいな。父に要相談だ。

俺は選んだ物を、クーファルに持って行った。

「兄さま、これをお願いします」

「リリ、これで良いのか？　遠慮しなくて良いんだよ？」

「兄さま、他のをつけても邪魔しない様に。いつも、つけてもらえる様に、これを選びました」

「そうか。じゃあ、これにしよう」

「はい。お願いします」

クーファルに買ってもらったぜ。太っ腹だね。て、俺はまだお金の価値が全然分かってないんだけど。

無事に買い物を済ませて、クーファルと手を繋いで街を歩く。

なんか、やたらと見られてる？　視線を感じるぞ？　ジッと見るのじゃなくて、遠慮がちに見てくる。嫌な感じじゃないんだけど。

「兄さま、見られてますか？」

「ああ、そうだね」

「殿下、皆クーファル殿下とリリアス殿下だと、分かっているのですよ」

「アルコース殿、そうなの？　なんで？」

「アハハ。リリは来る時に、辺境伯の馬に一緒に乗っていただろう？　その後も何度も馬で通っているからね」

「兄さま、何度も通ってますか？」

「ああ、通っているよ」

「殿下、リリアス殿下は殆ど寝ていらしたので」

「オクソール、そうか。リリは覚えてないか」

なんだと⁉　俺は寝ている姿を、街の人達に見られていたのか？

「兄さま！　恥ずかしいです！」

「アハハ、リリ。もう遅いよ」

マジかよー！　俺、寝ながら涎垂らしてなかったか⁉

「リリアス殿下、大丈夫です。可愛らしいと評判でしたから」

うわぁ……最悪じゃん。

「ねえ」

急に服の袖を引っ張られた。なんだ？　少し驚きながら、振り返る。

そこには俺より小さい女の子がいた。

「なぁに？　どうしたの？」

「リリ殿下？」

「うん。そうだよ」

「これ、うちのばぁばがリリ殿下にって」

小さい女の子が差し出してきたのは、小さなピンク色した花だ。

「え？　ボク？」

「うん。守ってくれて、美味しいものを見つけてくれてありがとう。て、言ってた」

「お利口さんだね。ありがとう。よく覚えたね」

「うん。ばぁばに何回も言わされたから」

アハハハ、何回も言わされたんだ。

「ばぁばはどこにいるの？」

「あそこ」

女の子が指差す方を見ると、お花を売っているお婆さんがいた。

「一緒にばぁばのとこに行こうか」

「うん」

俺が女の子と、手をつないで一緒に近付いて行くと、お婆さんが膝を折って頭を下げた。

「ばぁば、リリ殿下が来たよ！」

「こんにちは。可愛いお花をありがとう」

「リリ殿下、こちらこそ有難うございます」

「こんにちは、リリに花をくれたの？」

「まあまあ！　クーファル殿下まで！」

「有難う。売り物じゃないのかい？　リリが貰ってもいいの？」

「はい。こんな花で申し訳ないですが、宜しければどうぞ」

「有難う。リリ、良かったね」

「はい、兄さま。お婆さん、ありがとう！」

俺はニッコリしながら礼を言う。

「まあまあまあ！　なんてお可愛らしい！」

「あ、ありがとう……？」

「クフッ」

リュカだ。こいつはいつも吹き出してる。

――クーファル殿下！　リリ殿下！　ありがとう！

――有難うございます！

――また、いらして下さい！

お婆さんと話した事が、切っ掛けになってしまったのか彼方此方から声がかかる。

もしかして、皆、遠慮してくれていたのか？

街の人達が集まって来てしまって、遠巻きに囲まれてしまった。

「兄さま、どうしましょう？」

「アハハ、困ったね」

「困りました」

どーすっかなー……

「兄さま、抱っこして下さい」

「どうした？」

クーファルに抱き上げてもらう。俺は、もらった花を持った手を上げた。

「ボクの方こそ、ありがとう！　楽しかったよー！　また、来るからよろしくねー！」

大声で言ってやった。言い切ってやったぜ。めちゃくちゃ恥ずかしいけどなッ！

ワァーー！　と、声が上がった。

――殿下ー！

――待ってるぜー！

――ありがとうー！

クーファルに抱っこしてもらいながら、馬車に戻る。

「ククククッ。リリ、兄さまは驚いたよ」

「兄さま、だって……」

「まあ、仕方ないね」

「はい」

「兄さま。今度来る時は、変装してこなきゃッ！」

「アハハハ！　それは良い考えだ」

「いや、殿下。バレバレですって」

「リュカ、うるさい」

もう、リュカは一言多いんだよ。

邸に帰ると、庭でニルズとテティが待っていた。

「よう！　リリ殿下！　もう、帰るんだってな！」

「うん、おっちゃん！　明日、帰るよ！」

俺は走って行って、ニルズに飛びついた。

「アハハハ！　どーした!?　やっぱ帰るのは嬉しいか？」

ニルズはそのまま抱き上げてくれる。がっしりとしていて力強い。海の男だ。

「おっちゃん、ボクはまだ5歳だよ？　そりゃ、母さまが恋しいよ」

「あー、そうだよな」

「でもね、おっちゃん。今度は、母さまと一緒に来るからね！　母さまも、おっちゃんに会いたいって言ってた！」

「そうかそうか！　そうだな！　今度は一緒に来るといい！　色々案内してやるよ！」

「うん、おっちゃん！　ありがとう！」

「もう、あんたは言葉遣いを気をつけて、て言ってるのに！」

「テティ、いいんだ。おっちゃんと、テティはそのままがいい」

「リリアス殿下……！」

「おっちゃん、テティ！　ありがとう！　二人に出会えて、本当によかった！」

「殿下！　本当にまた来て下さいね！　待ってますからね！」

あらら、テティ泣いちゃったよ。優しそうな淡い茶色の瞳から、ポロポロと涙が零れ落ちた。

「テティ、泣かないでー！　おっちゃん、どーすんの!?」

て、おい！　ニルズもか!?　いい年したオッサンが泣くんじゃないよ！

「リリ殿下！　寂しくなるよー！　俺達の子供は、もうでっかくなっちまったからな。殿下は孫みたいなもんなんだよ。楽しかったぜ！　また、一緒に海に出ような！」

「うん！　おっちゃん！」

「殿下、シェフに干した魚や昆布とか、色々渡しておきました。お城でも、食べて下さいね」

「テティ、ありがとう。お手紙書くね」

「まあ！　殿下、待ってますね」

「うん！　テティ、ありがとう！」

俺はニルズに抱っこされながら、二人の首に手を回して抱き寄せた。

二人のお陰で楽しかったよ。心の友ができた。


「……ふわぁ～……」

いつもの様に、俺は昼寝から目が覚めた。いつもの様に、ニルが言う。

「殿下、お目覚めですか？」

「うん、ニル」

いつもの様に、ベッドからおりてソファーに座る。

「殿下、りんごジュースどうぞ。ユキもありますよ」

いつもの様に、ユキとりんごジュースを飲む。

「殿下……また、いつでも来れます」

「うん……グシュ……」

いつもの様には、笑えなかった。やっぱ、ちょっと寂しい。滞在が長かったからな。

「リリ、起きてるかしら？」

ヤバイ、フィオンだ。泣いているとこなんて見せられない。

「殿下！」

「うんッ、ニル！」

ニルと二人で、慌てて涙を隠す。

「……リリ、ニル」

あ……バレバレか？　フィオンが入ってきて、そぅっと抱き寄せられた。

あれ？　いつもの、ガバッとじゃないぞ？　どうした、フィオン？

「リリ、いつでも来る事ができるわ。それもリリのお陰よ。私が笑顔で帰れるのもリリのお陰。リリ、ありがとう。また、一緒に来ましょうね」

「姉さま……うぇッ……ヒグッ……」

「姉様が嫁ぐ地を、好きになってくれて嬉しいわ」

「姉さま……やっぱ嫌です！」

「リリ……!?」

「姉さまと離れるのは、嫌です！」

「リリ……まだまだ先よ。それまで、沢山一緒にいましょうね」

「姉さま！」

俺はフィオンに抱きついた。やっぱ、姉なんだよ。大好きな、大切なねーちゃんだ！

「リリ、起きたかな？」

ポンッとルーが現れた。

「ルーって、本当に空気読まないよね」

「なんだよ！　ボクほど空気の読める精霊はいないよ？」

　さて、俺は座ってりんごジュースを飲もう。

「フフフ、リリはルー様と本当に仲良しなのね」

「「………」」

「え？　あら？　リリ、姉様は何か変な事言ったかしら？」

「フィオン、僕はリリに揶揄われているんだよ？」

「ルー様、それも仲が良いからこそですわ」

「ま、そう言う事にしておいてあげよう」

「ルー様、リリ、お兄様が起きたら部屋に来るようにと、仰っていたわ」

「はい、姉さま。ルー、行こう。魔石買ってきたんだ」

「そうか、じゃあ早速行こう」

　フィオンはそれを伝えに来てくれたのか？　何か用事だったんじゃないのか？

　さっさと部屋に戻って行ったからいいか。


「兄さま、リリです」

　俺とルーとリュカも一緒に、クーファルの部屋にやってきた。

「ルー様、リリ。早速、作ってしまおう」

「はい、兄さま。ルー教えて」

「ああ、買ってきたのを見せてよ」

ソールが魔石と、転送の道具に使うつもりの小箱を持ってきた。

「うん。いいね。リリ、マジックバッグと似た感じだ。この小箱にだな………」

ふむふむ。ルーに教えてもらった。早速、やってみよう。俺は魔石を手にした。

「リリ、分かったのか？」

「うん、なんとなく」

「なんとなくで出来るのか？」

「ん〜、多分」

ルーが疑いの目で見てる。

「リリ、本当に分かったのかな？」

「兄さま、大丈夫です」

俺は、魔石を小箱の上にのせて、魔力を込める。ほんのちょっと魔力を込めただけで、魔石が光りだした。もう少し魔力を込めると、小箱ごと光りだした。そして光が小さくなって消えた。

小箱の蓋に魔石が嵌っている。よし、出来上がりだ。

「うん、できた！」

「どれどれ」

ルーが魔石のついた小箱をじっと見る。

「うん、完成だな」

「じゃあ、ルー。城の分も作ってしまうよ。出して」

「リリ……なんで分かったんだ？」

「話をしただけで、盛り上がっていた父さまが、欲しがらないワケないじゃん」

「それもそうだ。じゃあ、頼むよ」

ポイっとルーが、豪華な小箱と光の魔石を出してきた。

「ルー、魔石はこれなの？」

「ああ、変か？」

「そうじゃなくて、これ光属性でしょ？　兄さまや姉さまは使えないの？」

「リリ、魔石を良く見な」

なんだよ。どう見ても、光属性の魔石だろ？

「リリ、よく見てごらん？」

なんだ？　クーファルに言われた通りに、ルーが出してきた白銀色に光る魔石をじっと見る。

そうだ、俺って鑑定できるんだった。

「あ……兄さまこれ！」

「分かったかな？」

「はい。兄さまが言ってた白金ですか？」

「そうだね。しかし、父上は何を考えているのか」

「クーファル、僕も同意見だ」

なんだよ、俺は分からんぞ？

「リリ、とてもとても高価な物なんだよ」

「え……」

「多分……父上の事だから、リリが作る魔道具だから！　とか思っているんだよ。変なテンションになっているんだ」

え？　そうなのか？

「さすが、クーファルだ。その通りの事を言っていたよ」

本当にもう……悪い癖だ。

「ルー、駄目。父さまに返してきて」

「リリ、やっぱそうなるか」

当然だろ、そんな高価な物を使ってどうすんだよ。

「ほい、じゃあこっちで」

また、ルーがポイッと魔石を出した。

「ルー、何？　どう言う事？」

「リリが何も言わずにそれを使ったら、これは出さない約束だったんだ。リリが駄目だと言ったから、こっちだ」

なんだよ、それは！

「あー、リリ。父上は狡いね」

「兄さま、本当ですね。ルー、これはクリスタル？」

「ああ、そうだ。皆が使える様にな」

「分かった」

俺はクリスタルを小箱にのせて、魔力を込めた。

「ああ、リリ。話していた事だけどね。取り敢えずだけど、なんとかなりそうだよ。また後でちゃんとした物を作るそうだ」

「兄さま、そうですか！　ありがとうございます」

「後々、その方が便利だろう？　リリが言ってた様に万が一の時にもね。対応できるようになったのなら使わないとね」

　やったね。クーファルが提案してくれて何とかなりそうだ。


　その日の夕食は、久しぶりに夫人が一緒だった。

「ご心配をお掛けしてしまって、申し訳ありませんでした」

「夫人、元気になられて良かった」

「クーファル殿下、有難うございます。それに、アルコースの事でもご配慮頂いて有難うございます」

「クーファル殿下、私からもお礼を。有難うございます」

「有難うございました」

　アラウィン、アスラール、アルコース揃って、クーファルに礼を言っている。

「まあ、まだこれから正式に婚約発表もしなければいけない。フィオン、あまり世話をかけたら駄目だよ」

「お兄様、私はそんな事しません。でもお兄様、有難うございました」

　あー、フィオンは自覚がないんだよな。

「リリ？　何か今失礼な事を考えたわね？」

「姉さま、そんな事ないです」

俺はブンブンと首を横に振る。鋭いな。

「リリアス殿下、またいらして下さいね。今度はもっと一緒に、お出かけしたりしましょう」

「はい、是非！」

元気になって良かった！　夕食はご馳走だった。シェフや料理人達が、腕を振るったのだろう。

「ん～！　シェフ、絶品だね！」

「殿下、有難うございますッ！」

何の肉か分からないが、スネ肉らしい物のワイン煮込み。ナイフが抵抗なく入って、超柔らかい。

俺はまたお口いっぱいに頬張っちゃうよ。お行儀悪いなんて言わないでくれ。美味いんだからさ。

まだ5歳だしさ。ウマウマだね。超ウマウマだよ。凄いね。料理人の本気さが伝わってくるよ。

応接室に移って、デザートをいただく。今日はニルがお茶を出してくれている。俺はもちろん、りんごジュースだ。

「まあ、見た事のないケーキだわ！　とても美味しい！」

「リリアス殿下に教えて頂いたものです。綺麗な層にして、崩さないようにするのが難しくてやっと納得のいく物が出来ました」

俺は崩さない様に、そぅ～っとナイフを入れて、パクッと食べる。思わずほっぺを両手で支えてしまうぜ。落ちないのに。

「ん～、美味しい～」

甘すぎないカスタードクリームと苺、サクサクの生地。これも絶品だ！　苺のミルフィーユ。

俺は流行り物よりも、こういう定番物が好きだね。

「リリ、忘れてはいけないよ？　ほら、説明して」

「あ……美味しくて、食べるのに夢中で忘れてました！」

「リリ、それはないよ！」

ポンッとルーが現れた。

「ルー、父さまはなんて？」

「ああ、項垂れていたよ」

「もう意味が分かんない」

ルーは、俺が作ったお手紙転送のお道具を城に届けてくれていた。父は希望の魔石が使われていなかったので、残念だったんだろうが。あんな高価な魔石を、使う訳ないだろう。

父は時々、頭の中がお花畑になるらしい。

「父上は、時々変な事に拘るからね」

「兄さま、本当無駄ですよね」

「ああ。まったくだ」

「お兄様、リリ？　何の事かしら？」

「フィオン、なんでもないよ。父上がまた、リリの事で無駄遣いしようとしていただけだ」

「まあ、父上は本当に」

フィオン、内容は知らなくても同意するんだな。あの父はどんだけなんだ？

「ああ、リリ。それとね、城の方も大丈夫だよ。取り敢えずだけど、受け入れられるようにしておくってさ」

「そう。ルー、ありがとう」

「リリ、じゃあ渡して」

「兄さま、ボクですか？」

「ああ、当然だ。ソール、持って来てくれる？」

「はい、殿下。こちらに」

俺はソールから小箱を受け取って、アラウィンの側へ行った。

「アラ殿。転移門をヒントに、ルーに教えてもらって作りました。材料費はクーファル兄さまが出してくれました。便利だと思います。使って下さい」

アラウィンに、手渡した。

「殿下、これは何ですか？」

「この小箱の中に入る大きさのお手紙を入れて、蓋の上に付いてる魔石に魔力を込めて下さい。そうしたら、城にある小箱にお手紙が転送されます。こっちにお手紙が届いたら、魔石が光ってお知らせします。お手紙だけのつもりで作ったのですが、この小箱に入る大きさの物なら、なんでも送れます」

どうだ？　とっても便利だろう？

「それは、素晴らしい！」

「ボクが次に来る時は、先にお手紙でお知らせしますね」

「殿下、この様な物を頂いて勿体ない事です。有難うございます。大事に使わせて頂きます」

「はい、お手紙書きますね！　ね、姉さま」

「リリ、有難う」

俺はフィオンの側に行く。

「姉さま。ボクの大好きな姉さまには、これを」

ニルが俺のそばに来て、手渡してくれる。細い華奢なチェーンに、小さな魔石を花の形になるように付けたトップ。フィオンを守ってくれる様、防御やシールドを目一杯付与したネックレスだ。

俺は魔石の付与しかできないから、ニルが協力してくれて花の形にしてくれたんだ。

「リリ……」

「アルコース殿、姉さまに着けて差し上げて下さい」

「はい、リリアス殿下」

アルコースが、屈んでソファーに座っているフィオンにネックレスをつける。

「アルコース殿には、これを」

フィオンのネックレスと同じチェーンに、小さなクロスを象った魔石のトップ。

これにも、同じように付与してある。

「姉さま、着けて差し上げて下さい」

フィオンが黙ってアルコースにネックレスを着ける。

「どっちにも、防御やシールド等を目一杯付与してあります。いざという時に守ってくれます。いつもつけていて欲しいので、他の物を重ねても邪魔にならない物にしました。これも材料費は兄さまで、ニルが手伝ってくれました」

次は、アスラールだ。

「アスラ殿、ボクは婚約者の方は知らないのですが、お二人にもペアで作りました」

「殿下、私もですか!?」

「どうか、今迄我慢した分もお幸せに。また領地を案内して下さいね。とっても楽しかったです！」

さて、最後だ。

「リリアス殿下……有難うございます」

「アラ殿と、アリンナ様にも」

俺はアラ殿の側に行く。

「殿下……申し訳ありません！　失礼致します！」

そう言ってアラウィンは膝をつき、俺を抱きしめた。ガバッとじゃないけど、しっかりと抱き締められた。太い腕だ。この腕でこの地を守ってきたんだ。

ケイアにも謝罪をしたと聞いた。アラウィンは自分を責めたのだろう。

「アラ殿？」

「お辛い思いをさせてしまいました。申し訳ございません！　なのに、殿下はお強い。お強いだけでなく、慈悲深い。私達大人が殿下に守られてしまいました。どうか、これに懲りずにまた是非お越し下さい！」

「はい、もちろんです。アラ殿、もう二度とアリンナ様を泣かせたら駄目です。もし泣かせたら、

ボクがアリンナ様を頂きに来ますよ」

「殿下、お約束します。有難うございます」

夫人にも横からフワリと抱きしめられた。

「アリンナ様、よく耐えられました。あなたの優しさと強さに、ボクは脱帽します。今迄、我慢してこられた分、これからはアラ殿ともっともっと幸せになって下さい。アリンナ様がいてくれてよかった」

本当に、長い間よく耐えてこられた。しかも愛情を持って耐えておられた。

最後までケイアを守っていた。俺は、敵わないよ。

「殿下、有難うございます。今度いらした時は、一緒に遊びましょうね」

「はい、楽しみです！」

俺は、アルコースを振り返る。

「姉さまを宜しくお願いします。ボクの大事な姉さまを泣かせたら、ボクがアルコース殿をやっつけに来ますから」

「はい、殿下。大事に致します。必ず、幸せにします！」

「アルコース、私からも頼んだよ」

「はい、クーファル殿下」

うん。泣かずによく頑張ったぜ、俺。


「んん～……」

「殿下、おはようございます。ご用意して、食堂に参りましょう」

「うん、ニル」

ユキも、のそっと起きてきた。

この邸で食べる、最後の朝食だ。今日、俺達は転移門を使って城に帰る。

騎士団もいるので、今日は俺が魔力を流す。だから、転移門から帰るのは俺が一番最後だ。

辺境伯邸の地下にある、転移門の部屋に降りる階段には馬車用のスロープがあった。きっと、今迄にも馬車ごと使った事があるのだろう。

俺が頼んでいたのはこの事だ。何せ600年間使われていなかったんだ。だから、取り敢えず、馬車や馬が通れるかを確認してもらっていたんだ。城の方もね。なんとか大丈夫そうだ。

これから、もっと城もこの邸も整備するそうだ。

「殿下！　おはようございますッ！」

「シェフ、おはよう！」

「ニルズさんとテティさんから、沢山食料を頂きましたよ！」

「それは良かった。こっちの食べ物はお城にはないもんね」

「はい。卵や、チーズ等は定期的に頂きに来ようかと。ですので殿下、またいつでも来れますよッ！」

「うん、シェフありがとう」

俺が寂しく思っているのがバレているぞ。シェフはよく見ている。

「リリ、おはよう」

「兄さま、おはようございます」

「さあ、食事を頂こう。シェフ、頼んだよ」

「はいッ！　お任せ下さい！」

クーファルと一緒に食堂に入ると、既に皆揃っていた。

「クーファル殿下、リリアス殿下、おはようございます」

「お兄様、おはようございます。リリ、おはよう」

「アラ殿、姉さま、おはようございます」

「今朝はリリアス殿下がお好きな、クロックムッシュです！」

「シェフ、ありがとう」

「クロックムッシュを、初めて食べたのは最近なのに、もう懐かしい気がしますね」

「アスラール、本当に」

「こちらの料理人は、皆作れますので」

「シェフ、そうか……また作ってもらおう」

「ん～！　シェフ、おいしい～！」

「殿下、有難うございますッ！」

「本当に食事が豊かになりましたわね」

「ええ、母上。ニルズとテティも頑張ってくれてます」

「私の知らない料理が、沢山あるみたいだから作ってもらわないと」

「母上、少しずつですよ？」

「アスラール、分かっているわ」

「クーファル殿下、フィオン様、リリアス殿下。邸の者や、領主隊がご挨拶をしたいと申しておりまして」

「辺境伯、大袈裟にしたくはないのだが」

「殿下、皆感謝をお伝えしたいのです」

「私達は、出来る事をしただけだ。それに、リリのお陰でいつでも行き来できるようになった事だし」

「殿下、お願い致します。お別れを言わせてもらえませんか？」

「フィオン、リリ？」

「お兄様、構いませんわよ」

「…………」

「リリ？　無心で食べてるね。聞いていたかな？」

「……ゴクン。兄さま、ボクもみんなにありがとうを言いたいです」

「じゃあ、辺境伯。少しだけ。またフィオンの事でも来るからね。本当に大袈裟にしたくないんだよ」

「はい、殿下。有難うございます」

ま、いいじゃん。また直ぐに来たりしてな〜。季節が変わる度に来たいなぁ。

食堂を出ると、オクソールとリュカが待っていた。

「クーファル殿下、フィオン様、リリアス殿下、おはようございます」

「オクソール、もう準備は出来ているかな？」

「はい、クーファル殿下。いつでも、出発できます」

「殿下、それより大変な事になってます」

「リュカ、どうした？」

「お邸の前庭に、領主隊だけでなく領民まで集まってます！」

邸を出て、前庭に降りる階段に出ると、前庭に領主隊が整列しているのが見えた。

その後ろには、領民達が集まっている。ニルズやテティの顔も見える。

領主隊隊長のウルが一番前の中央にいた。ウルがこっちに一礼して領主隊や領民達の方を振り返り、一同を見回しておもむろに笛をふいた。

――ピピーーー!!

同時に領主隊が一斉に、右手を胸に持ってくる。帝国の敬礼だ。

――ピピッ!!

――有難うございましたッ！！！

打ち合わせでもしたのか？　領主隊と領民達が、一斉に大きな声で言った。集まってくれた人達の、多さと雰囲気に圧倒される。駄目だ、泣きそうだ。

アラウィンが一歩前に出た。

「先ずはクーファル殿下、フィオン殿下、リリアス殿下に心からの感謝を申し上げます」

領民達や領主隊の前で、アラウィンが俺達に向かって深々と頭を下げた。そして、皆の方に向き直り話を続ける。

「殿下方がお越し下さって、この領地は生まれ変わった。皆の不安を解消して下さり、新しい特産品まで見出して下さった。そして、我が辺境伯家にやり直す機会を与えて下さった。知っている者もいるだろうが、私が不甲斐ないばかりに今まで心配を掛けた。悔しい思いをした者もいることだろう。だが、これからは違う。殿下方がご尽力下さった事を決して無駄にはしないと皆の前で誓おう。そして、これからも皆でこの領地を守り抜き、より良くしていこうではないか！　どうか、皆も力を貸してくれ！　アーサヘイム帝国の要となるこの地を、守り立てていこうではないか！」

領民達はまさかアラウィンがそんな事を言うとは思わなかったのだろう。ほんの少しの間、沈黙が流れた。だが、その後、誰かが叫んだ。

「当たり前だぁ！　領主様に付いて行くぜ！」

ああ、この声はニルズじゃないか？　テティと一緒に心配していたんだ。ニルズを見ると、横にいるテティに背中を叩かれながら、男泣きをしている。また泣いてるよ。俺まで、もらい泣きしそうだ。そのニルズの声が切っ掛けになり、場が沸いた。

領主隊は皆拳を挙げて、おおーッ！　と叫んでいる。

領民達は口々に、アラウィンの事を呼んでいる。次は俺達の番だ。

「兄さま」

「お兄様」

「ああ……」

クーファルがゆっくりと、階段ギリギリまで前に出るとその場が静まり返った。

「皆、有難う。大変、世話になった。私達は、この地を、この地の民達を誇りに思う。良い領地だ。

この地はまだまだ良くなる。初代皇帝と初代辺境伯が守り抜いた地だ。その縁は今も繋がっている。この地から帝国全土へ、新しい風を吹かせてくれ。更なる繁栄を！」

――おおーーッ！！！

空気が震えた。クーファル、カッコいいぞ！　俺には真似できない。

堂々としていてさ、しかも落ち着いている。俺なんかきっとテンパっちゃうよ。

俺がクーファルを尊敬の眼差しで見ていると、領主隊の後ろからニルズの声が聞こえてきた。

「リリ殿下！　待ってるからなーッ！　また来てくれよー!!」

おいおい、ニルズ。恥ずかしいから、止めてくれ。泣いてしまうだろう。

「フィオンさまーッ！　奥様を助けてくれて有難うー!!」

この声はテティだ。似たもの夫婦だ。領民達が口々に叫びだした。

――有難うー！

――また来て下さーい！

――クーファル殿下、カッコいいー！

ん？　カッコいいて今言う？　確かにクーファルはカッコいいけどさ。

「リリ、手を振ってあげなさい」

クーファルに言われて、俺は手を振る。また、絶対に来よう。アスラールと領地を探検しよう。

ニルズと、海に出よう。次は、夫人と沢山遊ぼう。

「さあ、城に帰ろう。父上とリリの母上が待ってる」

「はい、兄さま」

俺は辺境伯邸の地下にある、転移門に魔力を流している。

「これで最後だね」

騎士団30人、フィオンやレピオス、シェフやお付きの者達、騎士団と一緒にケイアも既に転移させた。邸の裏に搬入口があるんだ。そこから直接、馬車や馬を入れた。

俺が転移門を修理した時に容量を大幅にアップしておいた。それこそ、もしもまたスタンピードが起きても大丈夫なようにな。

ま、向こうに着いて転移門から捌ける事を考えて、少し時間を空けないといけないけど。次々と転移させてしまうと支かえてしまう、て事だ。

残っているのは、クーファルとソール、オクソールとリュカ、ニルとユキだけだ。またいつでも来ることができる。だから、俺は泣かないぞ。アッサリとにこやかにさよならするんだ。

「辺境伯、世話になった。フィオンの事はまた連絡があるだろうから、それを待ってくれるかな」

「はい、クーファル殿下」

「辺境伯、夫人、これからだ。まだまだ、これから本当に幸せにならなければ。この領地はもっと発展する。期待しているよ」

「はッ！　クーファル殿下」

「さあ、リリ帰ろう」

「はい、兄さま」

クーファル達と転移門の中央に立つ。

初代皇帝が作った転移門だ。それをこれからは俺が引き継ぐんだ。

「アラ殿、アリンナ様、アスラ殿、アルコース殿。お世話になりました！」

俺は転移門に魔力を流した。

転移門が光り、俺達も光に包まれる。


目が眩むような真っ白な光が収まると、目の前に父と母がいた。

「母さま！」

「リリ！　お帰りなさい！」

抱きついた！　抱き締めてくれた！　ああ、やっぱ母は良いな。

そんな母との感動の再会からまだ10日も経っていない。感動……冷めまくったよね、本当。あの時の感動を返してほしい。何故かと言うとな……

「まあ！　リリ、とってもお似合いよ！　なんて、可愛いのかしら！」

これは、その母の言葉だ。俺は今、パーティーに出る為にキラキラの服を着せられたところだ。

そう、今日は5歳のお披露目パーティーだ。俺が、辺境伯領に行っていたので、ずっと延期になっていたらしい。延期なんかしないでいいのにさ。俺に構わずやってくれたら良かったのに。

お披露目パーティーなんて、すっかり忘れていたさ。

俺は、以前に母が用意してくれていた白の上下の正装だ。

上着は白地にグリーン掛かった金糸で細かい刺繍があったり、飾りが付いていたりする。中に着るシャツも、襟も袖もフリフリだ。しかも前で結ぶフンワリした大きなおリボン付き。

はぁ〜……慣れねー……なんせ、中身は現代日本人。皇子様でもなければ、5歳児でもない。

強張った笑顔を貼り付けるのが精一杯だ。

「さあ、リリ。参りましょう」

「はい、母さま」

あー、母のスイッチが入ってるよ。なんせ母は生粋の侯爵令嬢だ。

母に言わせると、パーティーは戦場なのだそうだ。

部屋を出ると、これまた騎士団の儀礼用の団服を着たオクソールが待っていた。上級騎士の位を持つオクソールの服装もなかなかに豪華だ。流石に勲章はつけていないが、騎士団の儀礼用の白の団服にその上からネイビーブルーのベルベットのマントだ。右肩に襷《たすき》掛けにマントと同色のサッシュを着けた姿は、騎士と言うよりモデルか？　て感じだ。いや、コスプレか？

「オク、凄いね……」

「殿下こそ……なかなかのもんです」

お互い、こういうの向いてないよな？　と、目で会話をする。でも、オクソールはまだいい。大人だし、上背もある。俺なんてまだちびっ子だよ。服に着られている感が否めない。

「まあ、なあに？　二人とも。しっかり胸張って背筋を伸ばしなさい」

「はい、母さま」

オクソールが軽く一礼する。

「リリアス殿下、本日はおめでとうございます。エイル様、リリアス殿下、本日は私が護衛につきます」

「有難う、オクソール。宜しくお願いしますね」

「はッ、では参りましょう」

オクソールは俺と母の後ろについた。うん、カッコいい。

「オク、今日はリュカはいないの？」

「リュカはまだこの様な場には出られません」

「え？　そうなの？」

「はい、そうです。従者と言ってもまだ見習いですし、護衛としてはまだ騎士の誓いもしていませんし」

「そうね。リュカはまだ正式な場には出られないのよ」

「母さま、そうなのですか？」

「リュカは騎士団員でもないわ。従者の正式な教育課程もまだ終わっていないのよ」

「でも、ずっとボクの側にいるのに」

「リリ、騎士団には皆何年も学園で勉強をして鍛練もして、騎士団の入団試験に合格した者だけが入る事ができるの。従者もそうよ。皆子供の頃から、何年も掛けて勉強しているの。リュカは特殊な入り方をしているから、まだ暫くは仕方ないわ」

「そっか……そっか……」

「殿下、お気になさる事はありません。皆、そうやって来たのです。リュカも同じです」

「そうなんだ。オクも？」

「もちろんです。私も騎士団の入団試験を受けて入っております」

そっか。そう言うものなんだろうな。リュカは俺が助けた獣人だ。教育とかそんなの全部すっ飛ばして、俺の従者兼護衛として仕えてくれている。リュカはまだ、勉強中なんだな。

今日のパーティーは5歳のお披露目パーティー。結局、ルーはうまく逃げた。俺の肩に止まっておくように言われたとか言ってたけどな。まあ、どっちでもいいけどさ。

このお披露目パーティー、前世で言うと七五三みたいなもんだ。帝都にいる高位貴族の子息子女が、城に招待されている。お子様メインだから、真昼間だ。アルコールもなく、ジュースだ。

この世界の今の時代は、生まれてすぐに亡くなる子も少なくはない。また、貴族の子だと、命を狙われたりする事もある。俺の様にな。

5歳まで無事だったぞ。ちゃんと育っているぞ。と、お披露目だ。

今年は、俺の側近や婚約者の立場を、狙っている者も多い。ほんと、困るんだ。側近は、ニル達の様に決められた家系から、教育された者がなると決まっている。それを知らない訳でもないだろうに。大人達や下手したら子供まで、目をギラつかせて寄ってこられても、怖いだけだ。

そんな子供は家でも親に言われているんだろうな。子供にそんな事をさせるんじゃないよ。

「リリ、エイル。二人共、よく似合っている」

会場に入る扉の前で、父が待っていた。相変わらず、キラッキラな父だ。

真っ白な儀礼用の正装に緋色のマントだ。ブロンド色のロングヘアーが眩しいぞ。

そのキラッキラな父の側には、相変わらず全身黒の服で黒髪のセティがいる。正に、光と影だな。

「陛下、お待たせしてしまいましたか？」

「エイル、大丈夫だよ。リリ、さあ父様によく見せておくれ」

「父さま、今日は頼りにしてます」

「リリがそんな事を言うなんて、珍しいね」

「ボクは苦手です」

「リリ、慣れなさい。あなたは皇子なのだから、逃れられないわ」

「はい、母さま」

母はいつになく、厳しい。思わず母の手を握ってしまったよ。気後れしてしまう。公の場に出るのは初めてなんだ。

「リリ、大丈夫よ」

「ああ、リリ大丈夫だ。笑って躱していれば良い」

「陛下、お願いします」

セティが声を掛けてきた。とうとう出るらしい。

「では、私は下でお待ちしております」

オクソールが一礼して、先に会場に入る為に別の扉へ向かう。

俺達の前にある扉が開かれる。会場のざわめいた声が聞こえてくる。昼間なのに、照明が沢山つけられている。この扉を入ると、俺達は会場のフロアに下りる階段に出る。

もう既にそこに、ライトが当てられている。

俺は父の後をついて、足を踏み出した。

第10章 5歳のお披露目パーティー

一段上がった場所で、父と母に挟まれて貴族の挨拶を受けている。なんでも、位の高い貴族から順らしい。最初は公爵家らしいのだが、今年5歳の子供はいないそうだ。

次は侯爵家だ。最初は、いかにも貴族のご子息という感じで利発そうな男の子だった。次も同じ侯爵家だ。

「リリ、衛生管理局の局長だ」

「父さま、レピオスがいるのも？」

「ああ、医師も所属は衛生管理局だ」

「陛下、エイル様、ご挨拶申し上げます。リリアス殿下、お初にお目に掛かります。衛生管理局局長を拝命しておりますヒューイ・アイスクラーと申します。妻のエリーネ、娘のディアーナにございます。ディアーナ、ご挨拶を」

「お初にお目に掛かります。アイスクラー侯爵が娘、ディアーナにございます。お見知りおき下さい」

小さな令嬢は、胸の部分に大きめのリボンが付いた淡いすみれ色のふわふわのドレスで、優雅に綺麗なカーテシーをした。可憐でお姫様のようだ。瞳の色と同じドレスがよく似合っている。この世界ではよく髪色や瞳の色を服に用いる。俺の服もそうだ。

「アイスクラー侯爵、リリアスはよく医局に出入りしているのだよ。医師のレピオスには世話になっている」

「はい。殿下のお話は伺っております。まだ、5歳なのに薬湯をお作りになるばかりか、万能薬まで作れると。娘のディアーナも、回復魔法を少々使えますが、リリアス殿下はハイヒールもお使いになられるとか。素晴らしい事でございます」

「有難う。リリアス」

「はい。リリアスです。よろしくお願いします」

ヒューイ・アイスクラー侯爵。歳の頃は……シェフより少し上位だろうか？　シルバーグレーの髪にブルーの瞳。細身だが、目に力があるのが印象的だ。

娘のディアーナ・アイスクラー。アッシュブロンドのふんわりした髪を顔の両脇だけ編んでいて、紫の瞳がチャーミングだ。髪も瞳も夫人と同じ色だ。まるでお人形みたいだな。

ちょっと顔色が悪い気がするが、大丈夫か？

挨拶と言っても、5歳児がいる貴族限定だからそう多くはない。

早々に挨拶を終えて、俺は両親と一緒に並んで座っている。ちょっと一息だ。

「リリ、フロアに出ても良いんだよ？」

「父さま、ボクを猛獣の中に放り出すつもりですか？」

「リリ、これ位あしらえなくてどうするの？」

「母さま、これ位ですか？」

「そうよ。リリのお兄様達はもっとよ。凄いわよ」

「エイル、リリはまだ今日が初めてだからね」

「陛下、慣れですわ。それに、同じ歳のお友達が出来るかも知れませんわよ？　リリはこんな機会でもないと、同じ歳の子達と知り合う切っ掛けがないでしょう？」

「はい」

まあ、そりゃそうだ。城から出ないからな。城には子供なんていないないし。いつも大人に囲まれている。でも中身は大人だから、今更5歳児の友達を作れと言われてもなぁ。仕方ないか。

「母さま、じゃあフロアに出てきます」

「ええ、それが良いわ。陛下、私達も参りましょう」

「ああ、エイル」

俺はフロアに出る。と、あっという間に子供達に囲まれてしまった。

――リリアス殿下、魔法がお得意だそうで？

――リリアス殿下、ダンスはされませんか？

――リリアス殿下、辺境伯領に行かれてたとか？

「ああ、うん……」

もう、俺5歳のちびっ子にタジタジだよ。中身は大人の俺の方が圧倒されている。少し間をおき、逃げようかとした時だ。一人の男の子が話しかけてきた。

「殿下は医師になられるのですか？」

「ううん。皇宮医師に師事はしてるけど、そんなつもりもないよ？　まだ全然考えてないんだ」

「殿下の護衛はオクソール様だと」

「ああ、うん」

「もったいなくはないですか？」

「もったいない？」

「はい。せっかく上級騎士のオクソール様がお側におられるのに」

「オクソールからも教わっているよ。毎日鍛練を受けている」

「オクソール様にですか!?」

「え？　ああ、うん」

「羨ましい！　オクソール様はどうですか？　厳しいと噂では聞きますが？」

「もう、厳しいなんてもんじゃないよ」

「羨ましい！」

え？　羨ましいのか？　小さいのにもう脳筋なのか？　オクソールに憧れていたりするのか？

「え？　毎日ヘロヘロだよ？」

「殿下！　そんなにですか!?」

「うん、そんなにだよ。もう、容赦ないからね」

「僕も受けてみたいです！」

「君は騎士になりたいの？」

「はい！　あ、僕先程ご挨拶しましたが、第1騎士団に二番目の兄がいます。シグフォルス侯爵の息子でアース・シグフォルスです。アースとお呼び下さい」

「宜しく。ボクはリリ」

アース・シグフォルス。金髪碧眼。ぴょんぴょん跳ねた癖っ毛を短くしていて、碧眼が爽やかだ。

同じ5歳なのに、俺より大きい。

「じゃあ、アースは3番目なの？」

「いえ、5番目です。うちは男ばっかりの5人兄弟なんです。ですから将来は家を出ないといけません。僕も兄の様に、騎士団に入りたいのです」

「5番目！　へえ、偉いね」

「殿下、これくらい当たり前です。貴族も大変なんです」

「そっか」

う、5歳児に負けてる俺。どーなの？　情けねー。

「殿下は学園に入られないのですか？」

また、別の子が話しかけて来た。この子は……確か一番最初に挨拶した子だ。

「どうかな？　でも兄さまも姉さまも、皆学園に行っていたから行くと思うよ」

「僕は、身体を動かす事は出来ませんが、沢山学びたいと思っています」

「えっと、君はたしか……」

「僕はジェフティ侯爵の息子でレイリオン・ジェフティと申します。父は文官をしております。レイとお呼び下さい」

レイリオン・ジェフティ。ダークグレーの髪を後ろで一つに結んでいて、青緑の瞳の聡明そうな子だ。この子は俺と同じ位の身長だな。

線が細くて、さっきのアースと名乗った子とは正反対の印象だ。

「じゃあ、レイはどんな学問が好きなの?」

「色々好きです。物語を読むのは好きですが趣味です。考古学も好きです。でも、戦略を考えたりするのも好きです」

「へえ、凄いね。君も兄君がいるの?」

「はい、僕は三人姉弟で次男です。一番上が姉で学園の高等部に通っています。兄はまだ学園の初等部です。殿下は、薬学にお詳しいと聞きました」

「別に詳しい訳じゃないんだ。薬湯を作れるってだけだよ」

「殿下、僕らの歳で薬湯を作れる者などいませんよ」

「そうなの?」

「はい、殿下。そうですよ。凄い事です。それに殿下は回復薬や、回復魔法もお使いになるとか」

「うん」

「回復薬はハイポーションですか?」

「ううん、万能薬」

「では、回復魔法は?」

「え、ハイヒール?」

「殿下はバケモンですか?」

「うわ、レイ。その表現は酷いね。アハハ」

「でも殿下。大人でもそんなに出来る人はいないですよ」

「殿下は、魔物の討伐もされたんですよね？」

「ああ、アース。辺境伯領に行っていたから」

「うわぁ、俺も討伐したい！」

あれ？　この子、僕と言っていたのに俺になってるぞ。

この二人の男の子は、ギラギラしてなくて良いな。普通に話してくれる。

「討伐なんて危ないよ。まだ子供だから力がないだろう」

「レイには分かんないだろうな！　気合いだよ！　気合い！」

「気合いなんかで魔物を討伐できる訳ないじゃないか」

「レイの言う通りだよ。アースは剣が得意なの？」

「はい。ずっと稽古してます」

「魔法は？」

「魔法はまだまだです。まだ属性と魔力量を見てもらえていないので」

「ああ、そっか。それは10歳だったね。辺境伯領でね、剣に風属性を付与して斬撃を飛ばす人がいたよ」

「ええ！　超カッケー！」

「アハハ、カッコ良かったよ」

「魔法を剣に付与するのですか？」

「レイ、そうだよ」

「それは興味深いですね」

その時、ふと目の端に捉えた。淡いすみれ色したふわふわのドレス。あれは、確か……衛生管理局局長の御令嬢でディアーナだっけか？　一人でどこに行くんだ？　そう言えば、顔色が良くなかった。

「ちょっとごめん」

「殿下、どうされました？」

「アイスクラー侯爵のご令嬢が、一人で外に出て行かれた」

「それがどうかしましたか？」

「レイ、子供一人で会場から出るなんて危なくない？　それに、挨拶の時に顔色が良くなかったんだ」

「殿下、行ってみますか!?」

あー、君達はここにいて欲しいんだな。もしも危険な事があったりしたらさ。

「城の中ですから、大丈夫でしょう？」

「うん。アース、でも気になるんだ。ボク、ちょっと見てくる。君達はここにいて」

「殿下、そんな訳にいきません」

「そうです。お供します」

「でも、危ないかも知れない」

そう話しながら、俺達三人は騒がせない様、目立たない様に移動する。

フロアを出て、バルコニーから下を見ると、木陰に淡いすみれ色が見える。

「あ、あそこだ。やっぱ気分が悪いのかな？」

「え？　どこですか？」

「アース、馬鹿だな。あそこの木の陰に、すみれ色のドレスが見えてるだろう？」

「レイ、馬鹿とか言うなよ」

ついて来ていた二人が、同じ様にバルコニーから下を見ていた。

「ボク、行ってくるから、君達は戻って。オクソールを見つけて、話してくれない？」

「分かった！」

「殿下、お気をつけて！」

そして、二人はフロアに戻って行った。

俺は急いで、淡いすみれ色が見えている木陰に向かう。外階段を使う方が早いな。急いで階段をおりて、庭に出る。もう少しだ。見えてきた。やっぱり、気分が悪いのか？　しゃがみ込んでいる。

「ディアーナ嬢、どうしました？　大丈夫ですか？」

声を掛けると、真っ青の顔で振り向いた。

「リリアス殿下、どうしてここに？　私は大丈夫です。どうか、お戻り下さい」

「此処は木で死角になってしまうから、危ないよ。控室はどこ？　一緒に行こう」

「申し訳ありません。家を出る時はなんともなかったのですが。気分が悪くて……外の空気を吸おうと出てきたら、身体が動かなくて」

「え!?　身体が動かないの？」

「はい」

その時、どこから出てきたのか数人の大人達に囲まれた。見るからに城で働いている人間ではない。勿論、招待客なんかじゃない。どう見てもならず者だ。どうして城の中にこんな奴等がいるんだ？　全部で7人か。他に隠れていないよな？

「そりゃ、動けねーさ。あんたの侍女が薬をもったからな」

「薬？　お前達なんなの？」

俺は、ディアーナ嬢を庇い前に出る。この子が狙われたのか。

「殿下、なりません。大事なお身体です。どうか、お逃げ下さい」

ディアーナ嬢は、動かない身体で、俺の前に出て庇おうとする。

「何言ってんの。放っておけないよ」

「いいえ、放っておいて下さい！　殿下のお身体には、帝国の命運が掛かっているのです」

子供なのに。女の子なのに。怖いだろうに。震えているじゃないか！

「殿下だと!?　知らん振りしてもらえませんかね？　俺達は、そこのお嬢様に用があるんですよ。なぁに、殺したりはしませんよ。少しだけ、一緒にいて頂くだけです」

こいつら何言ってんだ。言う通りにする訳ないだろ。

一人の男が、ディアーナ嬢に手を伸ばした。俺は心の中で詠唱する。

『エアーシュート』

ブオッと空気の塊が、男の身体を押し倒す。

「こいつ……！　皇子には怪我させるな！　お嬢さんを連れて行くぞ！」

クソ、そうはさせるかよ！

『ユキ！　おいで！』

俺が心の中で、ユキを呼ぶ。シュンッと、小さい竜巻の様な風が起きて、ユキが現れた。

「ユキ！」

「リリ、呼んだか？」

「ユキ、こいつら捕まえて！　殺したらダメだよ！」

「分かった！」

ディアーナ嬢は、力尽きたのかその場に崩れ落ちた。俺は、辛うじて支え抱き寄せた。尻餅をついちゃったけど。

「なんだ!?　どっから来た！」

「ヤベーよ！　豹だろ!?」

「早く、お嬢さんを捕まえろ！」

ユキが、男達を倒して行く。騎士団や領主隊相手でも、あっと言う間に倒したんだ。こんな奴等は瞬殺だ。あっという間に倒してしまった。

オクソールが騎士達と一緒に走って来た。

「殿下!!」

「オク！　レピオスを連れてきてもらって！」

「殿下、これはどう言う事ですか!?」

「アイスクラー侯爵の令嬢が襲われたんだ！　侍女が令嬢に薬を盛ったらしい！」

「分かりました！」

オクソールは、一緒に来た騎士達に指示を出していく。

「殿下、参りましょう」

ユキが倒した男達を、騎士達が拘束している。俺はもう一度、辺りを見渡した。もう、他にいないよな？　その時だ。近くの木の上で何かが光った。

『エアーインパクト』

——ドサッ!!

俺が、片手をかざし、風魔法で空気の衝撃波を放つと男が木から落ちた。

やっぱりだ。最初から、なんとなく視線を感じてたんだ。警戒しておいて良かった。

「拘束しろ！」

「はッ！」

オクの指示で、騎士が拘束に走る。

……と、あれれ。アースとレイ、見に来たのか。危ないぞ。柱の陰から、ヒョコッと顔だけ出している。近くにいた騎士に頼む。

「ねえ、あそこの柱の陰に男の子が二人いるんだ。危ないから、ご両親のところまで連れて行ってあげてほしい」

「はッ、殿下。畏まりました！」

騎士が走って行く。これで、大丈夫か。

「オク、控室に行く？」

「いえ、直接レピオス殿のところへ行きます。身体が硬直してきています。殿下はお戻り下さい」

「何言ってんの？　ボクも行くよ！」

「では、殿下。急ぎます。ユキ、殿下を」

「分かった」

オクが令嬢を抱き上げて走る。その後ろをユキに乗って走る。

リュカが騒ぎを聞きつけたのだろう。走ってやって来た。

「殿下！　ご無事ですか！」

「リュカ！　ボクは大丈夫！」

「驚きました！」

「ボクじゃなくて、令嬢が狙われたんだ！」

「ご令嬢が!?」

「オク、こいつらどうやって城に入ったんだろう？」

「まだ、分かりません。拘束した者を取調べます。あと、侍女も拘束している筈です。リュカ、先に行ってレピオス殿に知らせてくれ！　薬で身体が硬直していると！」

「はい！　分かりました！」

リュカが、あっと言う間に走り去って行った。

「おー、リュカ早い」

「狼ですから」

「そうだった」

リュカも獣人だって、忘れてたわ。

オクソールを先頭に、俺達は慌ててレピオスのいる医局へと入って行った。

「殿下！　ご無事ですか!?」

レピオスの最初の一言だ。いや、俺じゃないし。リュカはちゃんと伝えてないのか？

「レピオス、ボクじゃないよ。オクが連れてきた令嬢だよ」

「あぁ、それは失礼しました。リュカ、ちゃんと言って下さいよ」

「え!?　俺、言いませんでしたか？」

「誰が？　が、なかったですね。リュカが走ってきたら、当然殿下だと思ってしまいます」

ま、そうだよなー。リュカは俺の従者兼護衛だもんな。

「レピオス、薬を盛られたらしいんだけど、何かは分からないんだ。挨拶の時から顔色は悪かったけど、身体は何ともなかったみたい。少しずつ動かなくなってきたらしい」

「なるほど。オクソール殿、こちらに寝かせて下さい」

オクソールが、レピオスの指示に従う。レピオスは、令嬢の顔色を見て口元の匂いを嗅ぐ。薬によっては、独特の匂いのする物があるからだ。

「レピオス、瞳孔はどう？　脈は？」

「殿下、それはどういった……？」

「え……？」

この世界ではまだないのか？　俺はレピオスの邪魔をしない様に、令嬢を寝かせたベッドの反対側に回る。首の頸動脈を触ってみる。しっかりとした脈が触れている。手首の左右差もない。

眼瞼結膜を見る。大丈夫だ。瞳孔は……、よく分からん。ペンライトが欲しいな。打診は……このドレスだと無理だな。その間に、レピオスがスキャンしている。そうだ。スキャンがあるから、そんな事をしなくても全部分かるんだ。

「レピオスどう?」

「毒ではありませんね。一時的に身体の動きを奪うだけの、軽い痺れ薬の様なものでしょう。水分をとって頂いて、身体の外に排出しましょう。時間と共に少しずつ動くでしょう」

「レピオス、後遺症は大丈夫?」

「心配ないと思います。念の為、薬湯を飲んで頂きます」

「まだ小さいし、女の子だから……」

「はい、気をつけて見ておきますよ。オクソール様、令嬢のご両親には?」

「騎士が知らせているはずだ」

うん。オクソールが指示してくれていたからな。

「リュカ、ここに付いていてくれる? また狙われたりする可能性が、ない訳じゃないから。ボクはオクと一度戻るよ」

「はい、分かりました」

「何かあったら、すぐに教えてね」

「はい。殿下も、念の為お気をつけて」

「うん。ありがとう。レピオスじゃあ、お願い」

「はい、畏まりました」

俺はオクソールとユキと一緒に戻る。

「殿下、どう言う事でしょう？」

「うん。ボクじゃなくて、令嬢が狙われたね」

「あの令嬢はどちらの？」

「えっとね、衛生管理局局長のアイスクラー侯爵家のご令嬢だ」

「衛生管理局ですか」

「うん。犯人も薬に詳しい人かな？」

「かも知れません。アイスクラー侯爵家と言えば、医療院や薬店も経営しています」

「へえ、手広くやってるんだ。敵は少なくない、て事かな？」

「ですね。ところで殿下」

「なぁに？」

「ユキは、転移ができるのですか？」

「え？　転移？　ユキ、そうなの？」

俺の横を歩いているユキに聞く。

「リリ、今頃何を言っている」

げっ……気付かなかったぜ。

そう言えば、さっきも風が収まったらユキがいたよな。あれ？　辺境伯領の時もそうか。一瞬で港まで来たよな？　ユキ、凄いじゃん！

「ユキはさすが神獣だね」

「はぁ……殿下、今更ですね」

「まったくだ」

あれれ、呆れられちゃったよ。

「殿下！　ご無事ですか!?」

あ、セティだ。もしかして、騒ぎになってる？　セティに状況を説明した。

「それで、アイスクラー侯爵は？」

「はい、部屋でお待ち頂いております」

「じゃあ、ボク説明するよ。騎士団の話はまだ聞けないのかな？」

「はい。まだ取調べができておりません」

そっか……まだ時間が掛かるかもな。

「そうだ、侍女は？」

「はい。控室におりましたので捕らえております」

んー、先に父と情報を共有する方がいいか？　と、思ってセティを見る。

「はい。先に陛下と話される方が宜しいかと」

何も言わないのに、分かるのかよ。セティ、恐るべし。忘れちゃいけない、セティはニルのパパだ。セティに先導されて、オクソールやユキと一緒に父の執務室にやって来た。

「リリ！　心配したわ！」

「母さま、大丈夫です」

「ユキが守ってくれたの？　有難う！」

「当然だ」

ユキったら男前だね。母に抱きつかれているよ。ユキのモフモフは手触り最高だからね。

「で、リリ。どうなっているんだい？」

「はい、父さま」

俺は経緯を説明した。

「なるほど、リリはよく気付いたね。しかし、近くにいる騎士にどうして言わなかったのかな？

危険なのは、リリも同じだからね」

まあ、そうなんだけど。ちょっと様子を見るだけのつもりだったんだよ。

まさか、こんな事になるなんて思いもしなかったんだ。

「はい、父さま。すみません」

「リリ、シグフォルス侯爵とジェフティ侯爵の子息とは仲良くなったのかな？」

誰だそれ？　全然分からん。コテンと首を傾げる。

「殿下、あの時私に知らせに来て下さったご子息です」

「ああ、アースとレイだ。父さま、あの二人はギラギラしてなかったので、普通に話せました」

「ギラギラ？」

「はい。ボクに取り入ろうと、ギラギラしてない」

「ああ、そう言う事か。彼ら二人も協力してくれたそうだから、改めて招待でもしようか？」

まあ、どっちでもいいさ。

「あれ？　リリは興味ないみたいだね」

「父さま、お任せします。ボクはどっちでも良いです」

「リリ、そんな事を言ってると、お友達ができないわよ？」

まあ、母の気持ちも分かるが、なんせ中身は大人だからな。ぶっちゃけレピオスと話してる方が楽なんだよ。心の友達だし。まあ、いいっか。

「では、母さま。二人にもお礼を言っておきたいです」

「そうね。そうしましょう」

「父さま、アイスクラー侯爵に説明は？」

「ああ、セティに頼むよ。リリも同席したいのかい？」

「いえ、特には。セティがしっかり説明してくれるなら、それで良いです。でも、令嬢は暫くレピオスが付いて治療します」

「殿下、もちろんその事もご説明致します。アイスクラー侯爵は、医療院を経営なさっておられるので、そちらに移動なさりたいかも知れません。令嬢は、動かせる状態ですか？」

「今日は無理じゃないかな？　意識が戻って、レピオスの許可が出れば良いと思うよ。その時は、ちゃんと症状や治療内容を引き継ぎする様に言って欲しいな」

「はい。畏まりました。では、私はご説明に参りますが、他にはございませんか？」

俺はないな。まだ、何も解明されてないしな。それはそうとだな。

「父さま、捕らえた者達は城にはどうやって入ったのでしょう？」

「まだ全然分からないね。尋問が進まないと」

なんだか、物騒だな。城も安心できない、て事だ。

「子供を巻き込むのは、許せません」

「分かっている。リリもハッキリと解明するまでは、絶対に一人では行動したら駄目だ。必ず、オクソールかリュカと一緒に動きなさい」

「はい、父さま」

オクソールとユキと一緒に、部屋に戻ったらニルが駆け寄ってきた。

「殿下、ご無事で！」

「ニル、大丈夫。ボクが狙われたんじゃないから」

「そうなのですか？　突然、ユキが消えて驚きました」

ああ、そっか。ユキを呼んだからか。ニルはユキと一緒に部屋にいたんだ。

「心配かけちゃったね。ニル、ごめんね」

「いいえ、殿下。ご無事で良かったです。りんごジュースをご用意しますか？」

「うん、おねがい。ねえオク、ユキが倒した奴等の尋問はどうするの？」

「連行して行ったのが、第1騎士団ですので既にそちらで始まっていると思います」

そうなのか。第1騎士団て事はフレイか。まあ、詳細が分かるまでどうしようもないよな。待つか。

結局、お披露目パーティーはディアーナ嬢の件があったので、お開きになった。

お披露目パーティーに、力を入れていた貴族達は残念だろうが、俺はラッキーだ。

もう、あんなギラギラした目で見られるのは御免だ。

そうして、数日が過ぎた頃にフレイに呼び出された。

「兄さま、お呼びですか？」

「リリ、またお手柄だったな」

何のことだ？　と思いながら、ソファーに座る。

「兄さま、何ですか？」

「アイスクラー侯爵令嬢の、誘拐未遂事件だよ」

「それは、お手柄ではありません。体調の悪い人を労るのは普通の事です。それで、詳細は分かりましたか？」

「ま、今日はその報告だ。リリが気にしていると聞いたからな」

フレイ率いる第1騎士団が、実行犯と侍女を取り調べた。ぶっちゃけ、実行犯は何も知らなかった。誰だか分からない男に金で雇われたらしい。しかし、侍女はかなり核心まで知っていた。余程騎士団が怖かったのか、もう抵抗しても無理だと思ったのか。ペラペラと喋ったそうだ。

黒幕は、レークス・エリニース。ディアーナ嬢の父親である、ヒューイ・アイスクラーに敵対する侯爵だった。なんでも、貴族専門の豪華な医療院を経営しているそうだ。

ディアーナ嬢の侍女は、元はエリニース侯爵の前妻の侍女だったらしい。

15年前に、前妻が亡くなった。その後、後妻の侍女をしていたそうだ。その侍女が、エリニース侯爵の指示で、昨年からディアーナ嬢の侍女として、入り込んでいた。ディアーナ嬢が盛られた薬は、レピオスが言っていた様に少しの時間、身体の自由を奪うだけで毒性はなかった。

実行犯を城に入れたのも、この侍女だった。

「兄さま、敵対しているからと言って、どうして令嬢を誘拐までしたのですか？」

「ああ、それだが。子供を失う恐怖を思い知らせたかったらしい」

「どう言う事ですか？」

「エリニース侯爵は、前妻と子供を同時に亡くしている。正確には、出産が難産で死産だったそうだ。そして奥方も、そのまま亡くなったそうだ」

「それが、どうしてアイスクラー侯爵令嬢を、誘拐する事に繋がるのでしょう？」

「亡くなった前妻の出産に関わったのが、アイスクラー侯爵が経営する医療院だそうだ」

この世界、ポーションや回復魔法があるせいか、現代日本の様に医療が発達していない。

難産で亡くなる子もいる。産まれてきても、新生児特有の高熱で亡くなる子もいる。いくら薬湯がよく効いて、回復魔法があっても、人体の何たるかを全く理解していない。あんなに優秀なレピオスでさえ、脈拍を測ったり、視診打診でさえ知らない。

魔法はファンタジーで、素晴らしい力だが、だからと言って万能ではない。

「では、兄さま。逆恨みですか？」

「そうなるかな。エリニース侯爵は、アイスクラー侯爵が経営している医療院の担当医が、何か間違いでもしたと思っているのだろう」

「アイスクラー侯爵は何て言っているのですか？」

「エリニース侯爵の前妻が、医療院にいた事すら知らなかったよ」

「経営はしていても、治療内容まで知らないと言う事ですか？」

「ああ、そうだ」

まあ、普通そうだろうな。実際、侯爵が何か出来るとは思えない。

「それで兄さま、エリニース侯爵は？」

「捕らえて状況確認中だ」

「ディアーナ嬢は、もう回復したのですか？」

「翌日には普通に動ける様になったらしい。その後は、アイスクラー侯爵が経営する医療院に任せたらしいがね。レピオスが許可したから大丈夫だろう」

「良かったです。まだ小さいし、もし後遺症でもあったら可哀想ですから」

「リリも同じ歳なんだけどね。で、リリ。アイスクラー侯爵がお礼をしたいと言っている」

「いや、ボクはいいです」

「そう言うと思ったんだが、父上が面談の場を作る様にと言っている」

「えぇ～……」

「令嬢がもう少し元気になってからだ。それと、あと二人いたろう？」

「二人ですか？」

「たしか、アース・シグフォルスと、レイリオン・ジェフティだ。彼等も一緒に、おやつでも食べる様にと」

「はぁ……」

正直、めんどくせー……

今日も元気にレピオスの部屋に来ている。俺はレピオスと勉強中だ。

「レピオス、そうだよ。普通は1分間に60～100回なんだ。個人差が大きくて年齢や体温、動いた後とかでも簡単に数値が上下するんだ。脈拍はね、身体のすみずみまで血液が行き渡っているかどうかを知る指標なんだ。脈拍の数やリズムに異常があると、心臓や血液循環に関連した病気が疑われる」

ディアーナ嬢の事件の時に、俺が脈を診たり眼瞼結膜を見たりした事にレピオスが興味を持ったんだ。

「なるほど。ですから、脈拍がないと心臓が動いてない。死亡していると言う事ですか」

「そう。脈だけでなく、呼吸も確認しなきゃね」

「で、ない場合は胸骨圧迫ですか」

「そう。その通りだよ。それが、救急処置だね。心臓にショックを与える方法もあるんだけど、まだ考え中なんだ」

「ショックをですか。そんな事をして大丈夫なのですか？」

「止まった心臓にショックを与えて、拍動を正常に戻すんだ。雷魔法で出来るかも知れないけど、加減が難しいから考え中。実験できないしさ」

「なるほど。回復薬では、一度止まった心臓を動かしたりはできませんから」

そうだ。回復薬でも魔法でも一度止まった心臓を、動かす事はできない。

しかし、心臓マッサージなら可能な場合もある。

「そういえばレピオス。ハイポーションの上位て何？」

「え？　殿下、今頃それを聞きますか？」

「え、何？　変？」

「変ではなく、当然知っておられると思っていました」

「あらら。知らなかったよ」

「ハイポーションの上位は、エクスポーションです。欠損していても瞬時に回復する秘薬と言われています」

「秘薬なの!?」

「はい。私も見た事がありません。材料や作り方も分かりません」

「何それ、まるで伝説じゃん！」

「そうなのですよ。現実では誰も見た事がありません」

超作りたいなー！　伝説とか秘薬とか、めちゃそそられるじゃん！　薬草は何を使うんだろう？

「殿下、作り方が分からないのですから、無理です」

「はぁーい。そうだ、レピオスが使ってるスキャンは良いよね」

「そうですか？　殿下は鑑定があるから必要ないでしょう？」

「え、そうなの？」

「……殿下、一度ちゃんと勉強なさる方が良いですね」

「あらら、本当に？」

「はい。宝の持ち腐れです」

「え、ひど……」

「クーファル殿下に、魔術師団に連れて行ってもらうと仰ってませんでしたか？」

「そうなんだけどね、兄さま忙しいみたいでさ」

「そうですか。それは残念ですね。では、ルー様にお願いしますか？」

なんか、久しぶりだな。そう言えばルーは何してんだろう？　最近、全然いないいな？

「リリ、いるよ！」

ポンッと、ルーが現れた。

「ルー、久しぶりだね」

「まあ、俺は常にリリを見てるけどね」

ほぉ〜、そうかよ。疑いの眼差しだ。

「リリ、本当だからね。加護を与えるとはそういうもんだ。で、レピオスのスキャンか？」

「うん。あれ良いよね」

「リリ、レピオスが言ってた様に、リリには鑑定があるだろう？」

「鑑定てさ、イマイチ何に使えるのか良く分かってないんだ」

「リリ、本当に宝の持ち腐れだな」

「クフフフ、ルー様。ハッキリ言い過ぎです」

「いや、レピオスが言ったんだろ？」

「ルー様、そうでした」

「リリな、令嬢を助けた時にまだ賊がいないか警戒してただろう？　あんな時には、サーチだ」

あぁ、なるほど。忘れてた。

「鑑定だけど、レピオスのスキャンの上位だと考えていい。鑑定すると、対象の全てが分かる。スキャンではそうはいかない。だから、どんな薬を盛られたのかも分かるんだ」

ほぉ～、知らなかったよ。超便利だ。

「リリ、本当マジでもっと勉強しな。鑑定もサーチも、ガンガン使う事だ」

「どうして？」

「使えば使う程、精度が上がったり、上位にランクアップしたりするんですよ」

「レピオス、そうなの？」

「はい。魔法もスキルでもそうですよ。殿下はあまり、魔法やスキルを使おうとされないので、勿体ないですね」

「あー、そうなんだ」

だってな、魔法のない世界で生きていたから習慣がないんだよ。魔法なんてなくて科学が発展した世界だったからね。

「あー、リリそうか」

「うん、ルー」

「意識的に使うしかないな。それにリリはあれだ。最初からかなりの魔法を使えたから、余計に意識がないんだ」

「そうですね。殿下は最初から、上位魔法を使っておられましたね」

「え？　みんなは違うの？」

「当たり前だろー!?　最初から、上位魔法をホイホイ使える奴なんていないいないさ」

そうなのか……？　全然知らなかった。

「普通は、使って使って慣れて自分のものにして。何年も掛かってやっと、上位の魔法が使える様になるんですよ」

「そうなの？」

「ああ、そうだ。人は理解してないが、そうして少しずつ自分の魔力量を増やしているんだ」

「ルー様！　そうなのですか!?」

「ああ。リリは最初から魔力量が膨大だった。だから、最初から使えたんだ」

「魔力量だったのですか。それは凄い事実ですよ。誰も知らない事ですよ」

「あれ？　でもボク、最初から知ってたよ？」

確か、知っていたぞ。なんでだっけ？　だから、皆普通に知っていると思ってたな。

「えっ？　殿下、最初からとは？」

「えっとね……そうだ。3歳の時だ。初めて魔法を使う時に知ってた」

「殿下、どうして知っておられたのですか？」

「え……？　なんでだろ？　分かんない」

「アハハハ！　リリは、最初からずば抜けていたからな！」

「そうだ。3歳の時にね、試した事があるんだ」

だって魔法が使える事自体が不思議だったんだ。だからあの頃、ニルの目を盗んで実験してみたんだ。

「リリ、何をしたんだ？」

「魔力量がどれくらいあるのか知りたかったから、自分の中の魔力が減るのを感じてみようと思ったんだ。でも、全然底が分からなかった。ニルに危ないって止められたし。あ、そうそう。こっそり、魔力を使い果たしてみようともしたんだ。でも魔力が減る感覚が、全然なくて諦めた」

「ブハハハハ！　リリ、それは本当に規格外だな！」

「殿下、驚きました」

「そうなの？」

そうか、そうだったのか……？


今日は、例の誘拐事件のアイスクラー侯爵とご令嬢が挨拶に来る日だ。要するに、お礼だ。別にいいのにさ。

俺はモソモソとベッドから出て、顔を洗う。着替えていると、ユキがノソノソと起きてきた。

食堂に向かっていると、いつも通り張り切ってワゴンを押しているシェフがいた。

「シェフー！　おはよう！」

「殿下ぁッ！　おはよう御座いますッ！」

「今朝はなぁに？」

「はい、今朝は寒いですからね。ホットサンドと、ポトフです！」

「美味しそうだ」

「はい！　沢山食べて下さいねッ！」

そう、帝都は今真冬だ。

辺境伯領は帝国の南端だから暖かかったけど、帝都は寒い。そろそろ雪も降りそうだ。

食堂に入ると、テュールとフォルセがいた。二人は第1側妃の子だ。

テュールが、16歳になった。ブルー掛かった金髪に紺青色の瞳。緩いウェーブの柔らかそうな髪をスッキリ短髪にしている。スポーツマンタイプだ。

もう一人、フォルセは13歳になった。ブルーブロンドの髪に紺青色の瞳。兄と同じ緩いウェーブの髪を肩まで伸ばして後ろで一つに束ねている。相変わらず、超絶可愛い。俺の中では不動で妖精さん確定だ。

「兄さま、おはようございます」

「おはよう」

「リリ、おはよう」

「兄さま、今日は学園には行かないのですか？」

いつも、学園の制服で朝食を食べているのに、今日は違う。二人共、皇子様ルックだ。まあ、俺もだけど。

「リリ、今日から冬休みなんだ」

「テュール兄さま、そうなんですか？」

「ああ、年明けまで休みだよ」

「ねえ、リリ。令嬢を助けたんだって？」

フォルセは、ディアーナ嬢の一件を知っていた。犯人のエリニース侯爵の子息が同じ学年にいたそうだが、今回の事件で学園を退学する事になったそうだ。令嬢誘拐未遂事件で、エリニース侯爵は爵位剝奪になっていた。しかし、財産は没収されなかったので、医療院の経営は続けるそうだ。貴族専門と言う事で、貴族には需要があるらしい。

「一部の生徒が、陰口を言っていてね。嫌な感じだったんだ。子供は関係ないのにね」

「本当ですね。学園を辞めてどうするんでしょう？」

「お母上と一緒に領地に帰るんだって。でも爵位が無くなっちゃったから、領地も親戚が経営するらしいよ」

確か、後妻は侯爵の犯行を、止めようとしていたと聞いたが。帝都では、皆事件の事を知っているから、いられないのかも知れない。

出産時は現代日本でも、危険な時があるから仕方ないんだよな、きっと。この世界では、帝王切開なんて概念はない。保育器もない。俺は、産科じゃなかったから専門外だし。しかし、なんとかならないかな？　帝王切開と保育器でかなり違うはずだ。うん、今度レピオスに相談してみよう。

「ねえ、リリ。お母上と赤ちゃんが、亡くなった事だけど本当に仕方ない事なのかな？」

詳細を知らないから、なんとも言えないんだよな。

「兄さま、ボクはその経緯や状態を知らないです。だから、なんとも言えません」

「そっか。でもさ、そんな事はあるの？」

「ありますよ、普通に。出産は、大変な事ですから。普通に命懸けです」

この世界より医学が発達していた現代日本でもそうだったんだ。この世界だと余計に大変な事だろうと思う。

「でも……フォルセ兄さま、ボクの個人的な意見ですが。また婚姻して、兄さまと同じ歳の嫡男もいるのです。その今を大切にして、幸せになる選択肢もあったのに。と、思います」

こんな事になってしまって、後妻さんと子供がかわいそうだ。しかも前妻の敵討ちみたいになっちゃってる。そんなのやり切れない。

「そうだな。リリの言う通りだ。確かに悲しい事だとは思う。しかし、それに執着して、今の家族を不幸にしていたら何をしているんだと思う」

「ボクも、テュール兄さまと同じ事を思います」

「そうだね。うん、僕もそう思うよ」

「失礼致します。リリアス殿下、今日は少しお急ぎ頂かないと」

ニルとオクソールが迎えに来ちゃったよ。せっかく、兄二人と一緒だったのに。

「ニル、分かった。ユキは？」

「まだ、食べています」

「リリ、ユキってあの神獣だよね？」

「はい、フォルセ兄さま。ユキヒョウです。真っ白ですよ」

「ねえ、今度見に行ってもいい？」

「もちろんです。まだフォルセ兄さまは見てなかったですか？」

「うん。学園があったからね」

「リリ、俺も一緒にいいか？」

「はい、テュール兄さま。学園がお休みだとまた一緒に鍛練できますか？」

「ああ、明日の朝から俺も参加するよ」

「やった！」

「リリ、嬉しいの？」

「はい、フォルセ兄さま！　だっていつも一人ですから、テュール兄さまが一緒だと嬉しいです！」

俺はいつもなら、午前中はオクソールの鍛練を受けている。学園が休みの間は、テュールが参加するんだ。オクソールと1対1より、テュールがいる方がずっと良い。

「じゃあ、兄さま。ボク先に行きます」

「ああ、リリ」

「リリ、またね」

「ニル、お待たせ」

食堂を出るとニルが待っていてくれた。オクソールとリュカも来ている。

「ニル、ボクどうしたらいいの？」

「殿下、お部屋で待機です」

「そう。で、今日は侯爵が来られるの？」

「はい、侯爵様はご挨拶だけです。ご令嬢と、後お二人来られます」

「ああ、あの時の子息だね。分かった」

そんな話をしながら、廊下を歩いていたんだ。取り敢えず部屋に戻ろうと思ってさ。

「リリ！　ちょうど良かった!!」

正面から、フレイと側近のデュークがバタバタと走ってきた。

「えっ!?　兄さま!?」

俺はあっと言う間に、フレイにヒョイと抱き抱えられた。

「行くぞ!!」

フレイとデュークが走り出す。ダッシュだ。

「フレイ殿下！　どちらに!?」

「殿下！」

オクソールとニルが慌てて声をかけるが、フレイはお構いなしだ。

「オクソール！　ニル！　悪い！　少しだけリリを借りる!!」

「兄さま！　ボクは今日は予定が！」

「ああ、分かってる！　少しだけだ！」

どこに行くんだよー！　なんなんだよー！　俺、兄に拉致られちゃったよー！

そして、連れて行かれたのが、騎士団の鍛練場だった。

第1騎士団と、第2騎士団が何か揉めている。

「兄さま、これどうしたのですか？」

俺はフレイに、抱き上げられたまま聞いてみた。

「リリ、お前だよ。第2騎士団がリリに魔石を貰ったと自慢したんだよ」

「あれは魔物討伐があったので」

「そうなんだけどな」

「でも、兄さま。あれは即席なんです。たまたま、辺境伯領で小さな魔石が取れたので。思いつきなんです。なんなら付与する練習も兼ねてると言うか……」

辺境伯領の海岸で魔石が流れ着いているのを見つけた。直径数ミリ～2センチ位の小さな魔石だ。それに俺は、物理も魔法攻撃にも対応出来る結界を付与した。魔物討伐の予定があったからだ。お守りだよ。それを森に入る前にみんなに配っていたんだ。その事を言っているらしい。

「でもな、リリ。騎士団に必要だと思わないか？」

「それは兄さまが父さまに交渉して下さい。魔石があれば、ボクはいくらでも作りますよ」

「そうか！　リリ、約束だぞ！」

「はい、兄さま」

「よし」

フレイが騎士団に向かった。

「整列!!」

第1騎士団の団長が、号令をかけた。第1第2騎士団全員が、一斉にフレイに向かって背を正した。既に騎士団全員知った顔だ。

「皆、聞いてくれ！　魔石の件だが、リリが作ると約束してくれた！」

フレイがそう言ったとたんに、第1騎士団の皆が歓声を上げげた。

俺が作った魔石、防御に特化している、だから、欲しいのだろう。それだけじゃない。

どうやら、第2騎士団が自慢したそうなんだ。『リリ殿下にいただいたんだ。いいだろう』みたいにさ。それで、揉めちゃっていた訳だ。デュークが呆れていたよ。

「大人げないといいますか」

「リリ、その魔石は誰が持っているんだ？」

「兄さま、知らないですよ。ソールに聞いてみて下さい」

「分かった。父上の近衛の分も頼めるか！」

「はい。いいですよ」

「じゃあ、頼んだ」

「はい、兄さま」

騎士団長が号令をかけた。

「全員！　リリアス殿下に礼!!」

ズザッ！　と音がして、騎士団が右手を胸に持っていく。

この帝国風の敬礼だ。そんなに畏まらなくてもいいのに。

「リリアス殿下！　有難う御座います!!」

——有難う御座いますッ!!

俺は顔を引き攣らせながらヒラヒラと手を振った。

「兄さま、ボク戻らないと」

オクソールが追いかけてきて、ずっと控えて見ていた。

「ああ。オクソール、悪かったな」

「フレイ殿下。リリアス殿下をお連れする必要はなかったのでは？」

そうだよ、オクソール。もっと言ってくれ。

「まあ、いいだろ。皆、リリの顔を見ないと気が済まないんだよ」

人騒がせな。絶対にフレイの思い付きだろう？　ちょうど前から俺が歩いてきたからだよ、きっと。

「殿下、戻りましょう」

「うん。オク、きっとニルが心配してるよ」

オクソールと一緒に戻ると、やっぱりニルは心配していた。

それに、もう侯爵が来られているそうなので、面談する部屋に向かう。俺がオクソールと一緒に部屋に入ると、父とセティ、レピオスが。アイスクラー侯爵の横にディアーナ嬢がいた。

「申し訳ありません。遅くなりました」

「リリ、どうした？」

「はい、父さま。フレイ兄さまにつかまってました」

「ああ、騎士団の魔石がどうとか言っていたね」

「はい。そうなんです」

「後でフレイに聞いておくよ」

「はい。お願いします。ディアーナ嬢。お元気そうで良かったです」

俺が声をかけると、侯爵と令嬢は席を立ちお辞儀をした。

「殿下、娘を助けて頂いて誠に有難うございます」

「リリアス殿下、助けて頂き有難うございました」

「いえ、ボクは大した事は何も。ディアーナ嬢、お顔色も良いですね。良かったです。レピオス、問題はない？」

「はい、後遺症もなくお元気ですよ」

「良かった」

「父様達は、お話があるんだ。リリ、別の部屋に子息達が来ているから、令嬢と一緒にそっちに移動してくれるかい？」

「はい、父さま」

侍従に案内されて、俺はオクソールと令嬢と一緒に別の部屋に向かう。子息達とは、あの時にオクソールに連絡してくれた、アース・シグフォルスとレイリオン・ジェフティだ。

二人が待っている部屋に向かいながら、令嬢と話す。

「もう、身体に違和感等ありませんか？」

「はい。もう大丈夫です。殿下、あの時は本当に有難うございました」

「ボクは大して何もしてないよ。やっつけたのも、ユキだしね。これから会う二人が、オクソールに伝えてくれたから早く対処できたんだ」

「でも、私の方がお守りしなければいけないのに。私が殿下に守られてしまいました」

「え？　そんな。ボクを守るなんて思わなくていいよ」

「そんな訳にはまいりません。殿下は大切なお方ですから」

「ハハハ、ありがとう。でも、ボクは君より強いからね。大丈夫だよ」

「はい。殿下。魔法を使われていましたね。驚きました」

「え、そう?」

「はい。殿下は光属性だけだと思っておりましたから」

「ああ、ボクは全属性なんだよ」

「まあ！　全属性ですか？」

「うん。らしいよ」

「お強い筈ですね。ウフフ」

お、ウフフだって。初めて笑ったよ。可愛いね。

部屋に入ると、緊張した面持ちで座っていた二人が、慌てて立ち上がり挨拶をする。

「リリアス殿下、お久しぶりです！」

「殿下、今日はお招き頂き、有難うございます」

「ああ、座ってね。あんまり堅苦しくしないで。ボク達だけなんだし」

そう言いながら、一緒に来た令嬢を紹介する。

「紹介しよう。アイスクラー侯爵のご令嬢で、ディアーナ嬢だ」

「ディアーナです。先日は助けて頂いて、有難う御座います」

「僕は、シグフォルス侯爵の五男で、アースです」

「僕は、ジェフティ侯爵の次男で、レイリオンです。レイとお呼び下さい」

「オク」

「はい、殿下。お二人が、早急に私に知らせて下さったお陰で、迅速に対処できました。お手柄ですよ。有難うございました」

オクソールが二人に礼を言うと、アースが目をキラッキラさせて、モロに嬉しそうな顔をした。

「アースはオクに憧れてるんだっけ？」

「はい！　殿下！　オクソール様は私の目標であり、憧れです！」

「将来は、騎士団に入りたいんだって」

「殿下、そうですか。アース殿、頑張って下さい」

「オクソール様、有難う御座います！」

「失礼致します。お茶をご用意致しました」

ニルがお茶と、クッキーやらお菓子を持ってきてくれた。

「ニル、有難う」

「殿下、りんごジュースもございますが？」

「じゃあ、ボクはりんごジュースでお願い」

「はい、畏まりました」

「殿下は、りんごジュースがお好きなのですか？」

レイが尋ねてきた。

「うん。大好き」

「実はボクは、ぶどうジュースが大好きで」

「レイ、ぶどうジュースなの？　もしかして、紫じゃないぶどうジュースを飲んだ事ある？」

「はい！　殿下、ご存知なのですか？」

「うん。飲んだ事あるよ。あれは美味しい。特別だ」

「はい。あれは特別です。毎年邸に、売りに来てくれます」

「そうなの？　城には来てくれないのかな？」

「殿下、城に出入りする商人は、決められております」

「ニル、そうなの？」

「はい。あの時は別邸でしたから」

俺が3歳の時に、一時的に滞在した別邸。近くのミーミユ湖に、実の姉に突き落とされて死にかけた。その時に、前世を思い出したんだ。嫌な思い出もあるが、なんか懐かしいな。

お茶を出し終えて、ニルが部屋の隅に下がる。オクソールも隅に待機だ。

クッキー食べよう。シェフのクッキーは美味しいんだ。

「殿下、宜しければ、パーティーの時に話されていた、剣に魔法を付与する話が聞きたいです」

「アース、ボクあんまり知らないよ」

「ええ～……」

「ごめんね。見た事はあるけど、付与の仕方は知らない。オク、知ってる？」

少しオクソールに振ってみる。

「殿下もアスラール殿から、教わっていらしたじゃないですか」

「そうだっけ？　アース、ごめん。覚えてないや」

「ええ～……！」

「フフフ……」

あ、令嬢が笑った。おっとりした感じなんだな。

「あ、申し訳ありません。リリアス殿下はお強くて、全属性魔法を使えるのに。と、思ってしまいました」

「えっ!?　リリアス殿下は光属性だけでなく、全属性ですか!?」

レイが何故か食い付いてきたぞ。

「うん……ゴクン。これ、このクッキー美味しいよ」

「まあ、そうですか？　頂いても宜しいですか？」

「いいよ、いいよ。食べて。二人も食べて」

「殿下……」」

「え？　何？」

「ウフフ、まあ、本当に美味しい」

「ディアーナ嬢……」」

ディアーナ嬢と二人でキョトンとして、アースとレイを見る。

「え？　何か？」

「レイ、これはあれだな。お二人は」

「ああ、アースそうだな」

「クフフフ……」

なんだよ、オクソール。何笑ってんだよ？

「オクソール様、殿下はいつもこんな感じですか？」

レイが、オクソールに聞いた。こんな感じ、て何だよ。

「はい。そうですよ。ですので、畏まらずお友達として話されると宜しいかと」

「ハァ〜……そうですか。分かりました」

何？　何だよ？　俺なんか変な事言ったか？

「リリアス殿下、僕達とお友達になりましょう。ですので、このメンバーで話す時は敬語も止めます。宜しいですか？」

「うん、レイ。その方がいいよ」

「では、ディアーナ嬢も？」

「はい。嬉しいです。私の事はディアとお呼び下さい。嬢はいりません」

「じゃあ、ボクはリリ」

「クフフ……」

オクソールまた笑った。さすが、リュカの師匠だ。ま、いいけどさ。もう既にこの笑いがないと寂しいしな。実は、笑うかな？　て、ちょっと期待していたりなんかする。

「じゃあ、時々みんなで集まろうよ！」

「アース、それは無理だろう。皆、勉強もあるだろうし、殿下はお忙しいだろう？」

「ボク？　そんな事ないよ？　いつでも城に遊びに来て」

「いや、そんな訳にいかないし」

「うん。アース、そうだな」

「じゃあ、お手紙出しませんか？　この日はどうですか？　て、お手紙で都合を聞きませんか？」

「手紙かぁ……オク？」

「殿下、それは陛下と、侯爵様方にご相談しないといけません」

「そっか。魔石も小箱もないしね」

「はい」

俺が思ったのは辺境伯家と城にある、お手紙転送のお道具さ。あれがあると便利だなぁ、て思ったんだ。

「殿下、何です？」

「ああ、レイ。辺境伯領に行った時にね、あそこまで遠いじゃない？　だから、お手紙を転送するお道具を作って、置いてきたんだ」

「殿下！　詳しく！」

「え！　え？　レイ、もしかして、興味あるの？」

「はい！　かなり！」

「ええ〜！」

と、三人とはいい感じでお話しできた。何より、ギラついてないのが良い。

俺に初めてのお友達が出来たんだ。中身はしっかり大人なのに、5歳児のお友達だよ。小っ恥ずかしい！

この三人とは、長く付き合って行く事になる。

それは、まだこれからのお話だ。

みんなまだ5歳だ。未来はまだまだ夢や希望がいっぱいだ。

リリの好奇心

5歳のお披露目パーティーで俺に友達ができた。もちろん、5歳のお友達だ。

お人形のように可愛らしい、ディアーナ・アイスクラー。

いつも冷静で頭の良い、レイリオン・ジェフティ。

オクソールに憧れているやんちゃな男の子、アース・シグフォルスの三人だ。

パーティーの時に、狙われたディアーナ嬢を助けた事でその後も会う様になったんだ。特にレイとアースはしょっちゅう来ている。

レイは気付けば俺の部屋で本を物色しているし、アースは騎士団の鍛練場に入り浸っている。

ディアーナは唯一の女の子だ。侯爵家のご令嬢がそう度々来ていると、痛くもない腹を探られる。俺の婚約者に決まったんじゃないかってな。だから、ディアーナだけは少し遠慮してくれている。

5歳のちびっ子が城に来る事なんて普通はない。だから、三人は早々に城の警備に覚えられ顔パスになっていた。今日も四人で集まっている。

城にある一室で、俺達四人は顔を突き合わせて一点を見ている。一応同じ部屋に、リュカが護衛兼従者見習いとしているんだが、その表情は「あぁ～あ、まただよ」と、思っていそうな感じだな。

「殿下……」

「うん、レイ」

「殿下！」

「なんだよ、アース」

「うふふ、どうしましょう」

「どうといってもね、ディア」

俺達が見ているのは、今いる部屋の壁だ。丁度、大人の腰辺りの高さから下の部分の一部が、アースがぶつかった拍子にパコンと開いたんだ。

おや？　と、思って押してみると、どこかに続いているような通路が現れたんだ。そこからモワッと埃っぽい空気が入ってくる。もちろん光源なんてない。通路といっても、四つん這いにならなきゃいけない程度の高さだ。

そこを四人で見つめている。だってこんなの好奇心を搔き立てられるじゃないか。

「殿下、駄目ッスよ」

「リュカ、ボクまだ何も言ってないよ」

「いやいや、目がキラッキラしてるじゃないッスか」

そりゃあ、キラッキラにもなるさ。こんな隠し通路みたいなのを見つけたらさ、入ってくれと言っているようなもんだろう。

「人を呼んできますから、そのままですよ」

「リュカ、それは面白くないよ」

「面白くなくていいんッス」

「リュカはボクの従者だよね？」

「そうですよ、見習いですけど」

「そう、ならボクが行くところは何処へでも付いてくるよね？」

「それが役目ですからね」

「なら黙って付いて来てよ」

「いや、殿下。時と場合によるッス。またクーファル殿下にお叱りを受けますよ」

「あー……それを言ったらだめだよ」

「なにがッスか？」

しかぁしッ！　そんなものは俺の好奇心には勝てないのさッ！

「よしッ、行こう！」

「殿下！　聞いてましたか!?」

「ねえねえ、みんなはどうする？」

「殿下が行くなら行きますよ」

「そんなの行くに決まってる！」

「うふふ、ちょっぴりワクワクしますね」

ほら、多数決で決まりだよ。女子のディアーナでさえ「ワクワクする」なんて言っているんだ。

行かないで、ただ見ているだけなんて選択肢はない。

「あー！　もう何でそうなるんッスかー！　そうなるだろうとは思いましたけどー！」

リュカが両手で頭を抱えている。でも、もう決まりだからね。諦めな。

「殿下、誰が先頭ですか？」

「俺！　俺が行く！」

「えぇー、アース？」

「うふふ」

「いや、ボクが行くよ」

「殿下が先頭は駄目でしょう？」

「レイ、どうして？」

「だって、もし先に罠とか落とし穴とかあったらどうするんですか？」

「だからぁ！　俺が行くって！」

「だよな、アースの方がいいよ」

「なんだよ、レイが先頭って事はないのかよ？」

「僕は二番目か三番目がいいな」

「え？　そうなの？」

「はい。殿下の前か後ろで」

「そう？　よく分かんないけど」

「うふふ」

四人で誰が一番最初に突入するか順番を決めてたんだ。取り敢えず、先頭はアースだ。その後をどうするのか話していた。

「あぁー！　もうッ！　俺が最初に入りますよ！　だから殿下は俺の後ろです！」

突然、リュカがそう言い出した。やっと諦めたみたいだね。よしよし。

「何かあった時に殿下をお守りできるように俺の後ろが殿下です！」

「そう、じゃあ、ボクの次は？」

「そりゃ、ディアーナ嬢でしょう」

「リュカ、なんで？」

「だって令嬢が殿《しんがり》って駄目でしょう？」

「そう？　やっぱそうかな？」

そんな感じで話し合った結果、リュカが先頭。その後が俺、ディアーナ、レイ、アースの順になったんだ。

「俺、最後は嫌だな」

「アース、怖いんだろう？　変わってやろうか？」

「怖くねーよ！　俺が最後でいいよ！」

またまた、痩せ我慢してるよ。俺が最後でも良かったんだけどね。

「殿下は俺の後ろです。それは譲れないッス」

て、リュカが言うからさ。

「でも真っ暗ですよ」

「本当だ」

どれどれ。マジ、先が全く見えない。

「大丈夫だよ」

俺は心の中で唱えたんだ。『ライト』てね。ポンポンと光が前後に二つ出る。

「おー、殿下これなら見えますすね」

「うふふ」

好奇心はあるんだろうけど、ちょっと腰が引けてないか？　特にアースがさ。

「じゃあ、入りますよ。ちょっと狭いッスね」

そう言って、リュカがブワワンと変化したんだ。初めて見たよ。

「おぉー！　リュカ、カッコいい！」

「はいはい。もういいッスから。きっとまたクーファル殿下に叱られるッス。もう確定ですよ。叱られる未来が見えました」

ブツブツ言ってる。けど、行く気満々じゃん。だって、リュカが狼の姿に獣化したんだ。

青み掛かったダークシルバーの体毛に、鋭いアンバーのウルフアイ。尻尾がフッサフサだ。

精悍なシルバーの狼だ。しかも、とっても毛並みがいい。艶やかで光沢もある。

「うわー！　リュカさん超カッケー！」

「まあッ！」

「おおー！」

ほら、三人もびっくりしている。俺だって、リュカの獣化した姿を初めて見るんだ。

「リュカ、ナデナデしたいな～」

「俺もー！」

「じゃあ、行くの止めますか？」

「其れと此れとは別」

なんだよ、もう諦めたんじゃないのかよ。ほら、行こう。入ろう。

獣化したリュカが先頭になって、ポッカリと開いた隠し通路に入って行く。ちびっ子の俺達でも四つん這いにならないと狭い位の通路だ。これは、やっぱ緊急避難とかの場合に使うつもりで作ったのかなぁ？　火事とか、クーデターとか？

随分長い間、使われていなかったのだろう。埃っぽいし、隅っこには蜘蛛の巣もある。

「ディア、ドレスは大丈夫？」

「はい、殿下。なんとか進めますよ」

「そう？」

「うわ、マジで真っ暗じゃん」

「アース、ちょっと近過ぎだ。アースの頭が僕のお尻に当たってるって」

「え、気の所為だよ」

「そんな訳ないじゃん」

何をやってんだ。落ち着こうぜ。こんな事滅多にないんだからさ。ワクワクするじゃん。

「あ、先が広くなってますよ。広い通路に合流するみたいです」

ほんの５メートルほどしか進んでない。

リュカが言った通り、充分に立って歩ける程度の通路に出たんだ。

「これ、どっちに行きます？」

と、広い通路に出たとたんにリュカが元に戻った。あー、残念だ。モフりたかった。

「どっちでしょうね？」

「よし」

「アース、何してんの？」

「殿下、風を見てるんだ」

「ほう、なるほど」

「まあ、凄いわ」

アースが人差し指を立てて、風がどちらからか吹いていないかを見ているのだそうだ。

ほぉ～っと俺が見ていると、ディアーナまで感心している。

「殿下、ディア、そんな訳ないじゃないか」

「レイ、失礼だぞ」

「だって風が吹いているとは限らないだろう？」

「あ、そっか」

あらら、頼りないなぁ。まあ、５歳だもんな。

「リュカ、匂いは？」

「埃っぽいッス」

そんな事は分かっているんだよ。だからさぁ、リュカも5歳児と変わんないぞ。頑張ってくれよ。

「ん～、城の建て方と方角から考えると右側が城の奥に繋がっているのかな？」

「で、結局どっちに行くんだ？」

「よし、右に行こう！」

「殿下、その自信満々の理由は何ですか？」

「え？　何？」

「ですから、自信満々で右を選んだ理由ですよ」

「レイ、そんなの決まってるじゃない」

「あぁ、もう俺分かった気がするッス。殿下って時々そういう感じになるッスね」

リュカ、どんな感じなんだよ。さっきからブツブツ言ってんじゃないよ。

「右に決めた理由はね」

「はい、理由は？」

「うふふ」

何故かディアーナが超微笑んで俺を見ているんだけど。

「そんなの、なんとなくに決まってるじゃん！」

「……」

「うふふ」

あ、あれ？　何で無言になるかな？

「やっぱそうだと思いましたよ。だって、リリアス殿下ッスから。本当、時々ボケボケになるの止めて欲しいッスね」

ボケボケって何だよ。酷い言い様だな。

「その所為で、何回クーファル殿下に叱られたと思ってるんスか」

さぁ？　何回だったかなぁ？

「リュカ、怖がってばかりだと駄目だよ。時には思い切りよく行動しなきゃ」

「殿下、それは今じゃないッス」

そうかなぁ？　俺は今だと思ったんだけどなぁ。

通路が広くなった所為で、恐怖心も無くなったらしい。だって、見るからに作られた通路なんだ。

人が二人程しか並べない幅だけど、歩いて行くと両側にあった光源に次々と灯りが灯っていく。

まるで人感センサーだ。

「殿下、この灯りは魔石ですよね？」

「レイ、そうだね。人が歩くと点くのか、動くものに反応しているのか」

「どっちにしろ、この通路を使う事があると仮定していますね」

「そうなんだろうけどなぁ」

うん、そう思うけど。でも、必ず使用するとは仮定していない気がするんだよなぁ。

「殿下、違いますか？」

「ん～、レイ。光源があるからといってそうとは限らないと思うんだ。使うかどうか分からないから、何かに反応して灯りが点くようにしてあるんじゃないかな？」

「なるほど」

そんな話をしながら暫く通路を進むとまた狭く低くなってきた。

「え、何でだ？」

「アース、馬鹿だな。出口に近いんだよ」

「レイ、馬鹿って言うなよ」

「ふふふ」

「もう出口だと思いますよ。俺がまた先頭に行きます」

今度はリュカは獣化しなかった。そのまま四つん這いになって進んで行った。おしいなぁ。モフモフが見たかった。いや、撫でたかった。また入った時と同じ順で、俺達も四つん這いになってリュカの後を付いて行く。ほんの数メートルだ。

「あ、突き当たりましたね」

「リュカ、そうっと開けよう」

「いいッスか？」

「うん」

リュカが突き当たりになっている壁をグッと押すと、ギギギと音がして開いた。

途端に光が入ってくる。これは自然光か？

「え？　何処？」

「殿下、外みたいですよ」

「城の中だよね？」

「この距離で城の外には出てないでしょう」

「だよね」

リュカがそっと壁を押し開け外に出る。俺達もそれに続く。

確かに外だったんだけど。丁度、城の裏側だった。それも、裏にある大きな温室の中だった。温室の一番奥に出たんだ。鉱石のフレームに何枚ものガラスを、嵌め込んで作られていて天井もガラスを嵌め込んだドームのようになっている。高い天井には空気を入れ替えられる様に開閉できる天窓が付いている。そこでは、珍しい花や植物だけでなく、薬草も育てられている。中央には小さな四阿《あずまや》も設けてあり、水生植物を育てる水場もある。俺はあまり来た事はなかった。

「まあ！　こんな場所があるのですね」

「凄いな」

「おぉー」

「城の裏側になるんだ。ボクはあまり来ないけど」

「どうしてですか？」

「ん？　単純に用がないからだけど」

「ふふふ」

そこに、温室の中程から声がした。

「その声はリリなの？」

南国っぽい植物の葉を避けながら、ブラウスとロングスカートという軽装で現れたのがフィオンだった。一緒に侍女のアズもいる。二人共、手には手袋をしてスコップを持っている。

「姉さま」

「やはりリリね。どうしたの？　どこから入ってきたの？」

突然のフィオンの登場に、三人は頭を下げている。

「あら、リリのお友達ね。顔を上げてちょうだい」

「お初にお目に掛かります。ジェフティ侯爵家の次男レイリオンと申します」

先ず最初にレイが挨拶をした。レイはこんな時はとてもしっかりとしている。

「アース・シグフォルスです！」

うん、アース。元気が良いぞ。

「アイスクラー侯爵家の次女、ディアーナと申します」

可愛らしくカーテシーをしている。ちょっぴりドレスの裾に埃がついているぞ。隠し通路を、四つん這いになって通って来たのだから仕方ない。

「まあ、リリと仲良くしてくれているのね。有難う」

「姉さま、何をしていたのですか？」

「お花を植えていたの。アリンナ様が種を下さったのよ」

「辺境伯領の花ですか？」

「そうなの」

だから温室なのか。王都と辺境伯領だと気温が違う。こっちの方が気温が低いんだ。

「婚姻の時のね……ブーケや飾りに」

と、照れ臭そうに話すフィオンは幸せそうだ。なんでも、辺境伯家では代々受け継いできたものがあるのだそうだ。幾つかあるそうだけど、その内の一つが花嫁のブーケに使われる花だ。

「リリが作ってくれた転送の小箱を使って送って下さったの」

花の種だ。初代辺境伯の頃から、咲かせて種を保存し、また花を咲かせて種を採る。そうして何百年も受け継いできたものらしい。とんでもない事だ。気が遠くなるよ。

咲かない時は無かったのかな？　失敗する時だってあっただろうに。

「真っ白な花が咲くそうなのよ。その花を花嫁が使うの。ブーケだけじゃなくて、髪にも飾りにもね」

「姉さま、凄い事ですね」

「ふふふ、そうね」

初代辺境伯の時代はまだ帝国は荒れていた。そんな中で、一輪だけ咲いていた花なんだそうだ。魔物に踏み荒らされていた地に、折れず枯れずに咲いていた花。普通に野に咲く花だそうだ。名前すら分からないんだって。でも、きっと初代辺境伯は何か思い入れがあったんだろうな。

そんな気持ちを汲んで、代々受け継いできた。辺境伯家にはそんな事が色々あるらしい。

「きっとね、魔物に荒らされていた頃を忘れないように、油断しないようにじゃないかしら？　て、アリンナ様が仰ってたわ」

「それを姉さまが受け継ぐんですね」

「リリのお陰よ」

いつも俺を最優先に考えてくれたフィオン。俺が生まれた時から、ずっとそれは変わらないそうなんだ。その愛情が、時には少し重く感じる時だってあったんだけど。

でも、いざこうしてフィオンが辺境伯家へ嫁ぐとなると寂しく感じるのも本当なんだ。

だって、辺境伯家だよ。普通に遠いじゃん。いくら転移門があるといっても、そうしょっちゅう会えるわけじゃない。

辺境伯家が代々受け継いでいたものを託されたと聞いて、なんだかとても誇らしく思う気持ちもある。将来、フィオンとアルコースに子供ができたら、今度はそれを託す方になるんだろう。

もしかしたらフィオンが、皇家から辺境伯家へ嫁ぐのも何か意味のある事なのかも知れない。

何にしろ、フィオンは俺の大切な姉なんだ。ずっと事ある毎に、気に掛けてくれた姉なんだ。

そのフィオンがいなくなるという現実をイマイチ受け入れられないでいるのかも知れない。

ちょっぴり寂しくなって、ウルウルしそうになっちゃった。

そんな気持ちを気取られないように俺は言った。

「ボクは何もしてませんよ」

そうだよ、俺は辺境伯領で楽しい日々を過ごしていただけだ。

なのに、フィオンは優しく微笑んで俺をふんわりと抱きしめるんだ。

「リリ、離れても私はリリの姉様よ。それは変わらないわ」

「姉さま……」

なんだよ、いつものキャラでいてくれよ。俺の息が苦しくなる程、ギュッと抱き締めてくるフィオンでさ。そんなに優しく抱きしめられたら、涙が流れてしまいそうだ。

「ずっと受け継がれていくなんて、ステキ……」

ディアーナが、話を聞いて呟いた。

「ふふふ、貴方達はまだまだ先の事ね」

「良い話をしているのに悪いんだけど」

あ……この声は……

「ほら、殿下。言ったじゃないッスか」

「あ……」

「リリ『あ……』じゃないよ、バレてるんだよ」

そう、ラスボスのクーファルだ。いつの間に入って来たのか、すぐそこにクーファルが腕を組んで立っていた。涙が一気に引っ込んでしまったじゃん。ヤバイぞ。俺はラスボスには勝てないぞ。

「あら、お兄様」

「フィオン、リリには困ったものだよ」

「リリは良い子ですわよ」

「リリ、良い子はこんな事をしないよね？」

「……はい、兄さま」

「どこからこの温室に入って来たのかな？」

「え……」

「言えないのかな？」

ああ、クーファルの後ろに魔王が見えるぞぉ。俺とリュカだけでなく、レイやアース、ディアーナまで固まっている。だって、言えない場所を通って来たんだから。

「リュカ、君も何故止めない？」

「いや、クーファル殿下！　お止めしました！」

「止められてないよね？」

「う……」

ああ、怖い。どうしてバレたかなぁ？　何でいつも知っているんだ？

「君達もだよ。ほら、ドレスの裾に埃がついている」

「まあ……」

ディアーナ「まあ……」じゃないよ。

「リリ、どこから入ってきたの？　全然気が付かなかったわ」

「姉さま……」

フィオン、聞かないでくれぇー。

「兄さま、ごめんなさい！」

俺はガバッと頭を下げる。こんな時のクーファルはとっても怖いんだ。

雰囲気はもちろん、いつもと目が違う。だって背中に魔王を背負っているんだもん。

「リリ、好奇心や悪戯心で通ってはいけない。分かるよね？」

「リュカもだ。態々《わざわざ》、獣化してまで通るものか？」

「は、はいぃ……」

「申し訳ありません！」

なんでそんな事までバレてんだよ!?

「リリ、兄様はお見通しだ」

「はい、ごめんなさい」

クーファル、恐るべし。

その時、入口の方から天使の様な声がした。

「殿下ぁッ！　おやつですよぉッ！」

あ、シェフだ！　助かった！

「シェフ！　ありがとう！」

「仕方ない、食べてきなさい」

「はい、兄さま！」

今だ！　と俺達はシェフの声がする方へと駆け出した。

でもシェフまで、どうして此処にいるのが分かったんだろう？　不思議だ。

『だって殿下の周りには影がいるッス』

と、リュカは心の中で思っていた。

あとがき

こんにちは、撫羽と申します。

『ボクは光の国の転生皇子さま！』３巻を手に取って下さった皆様、有難うございます。とうとう3巻です！　私の宝物が増えました。嬉しい！　本当に有難うございます。

3巻では、ｗｅｂ版にはなかった展開も出てきました。始まりがもう違います。

辺境伯夫人の事、フィオンとアルコースの事、ケイアの事、みんな幸せになる様にとの想いを込めています。その分、何度も加筆修正を重ねました。とても優しい物語になったのではないかと思っております。

2巻にわたって書いてきた辺境伯領での出来事を通して、リリと周りとの関係性もお分かり頂けたのではないでしょうか。5歳らしい、リリの無邪気な姿もお見せできたのではないかと思います。リリに、同い年のお友達もできました。可愛いちびっ子達です。書き下ろしでも、このお友達とわちゃわちゃと遊んでいます。フィオンとの優しい関わり合いも書いております。

このお友達。ずっと仲良くしていく事になるのですが、それはまたお楽しみに。

3巻の書籍化作業を進めている時に、1巻から丁度1年が経ちました。あっという間です。

これも一重に、リリを可愛がって下さった皆様のお陰です。

びます！　なんという事でしょう！　もう、涙が出そうです！

リリがコミカライズされるなんて、夢の様です。コミックアース・スター様のサイトにリリが並
いち早く、この書籍を手に取って頂いた方々にお知らせする事ができました。

それに、なんとなんと！　リリがコミカライズされます！

その7歳のリリをお届けできる事になりました！　4巻の発売が決まったのです！

3歳だったリリが、5歳になりました。次は7歳になります。


改めまして、3巻を手に取って下さった皆様、本当に有難うございます。

よく3巻まで手に取って下さいました。続きもよろしくお願いします。

今回もお忙しい中、読み込んでリリのお話の編集に当たって下さった担当編集様。

安心してお任せできるイラストレーターのｎｙａｎｙａ様。

私の知らないところで、この物語に関わって下さっていた沢山の方々。

皆様に、心からの感謝を申し上げます。

そして、ｗｅｂ版でも、変わらずずっと応援して下さっている方々、本当に有難うございます！

皆様のお陰で3巻も出版する事ができました！

また次も、皆様の手に取って頂けるよう、頑張ります！

それでは、またこの先も皆様にお会いできる事を祈って。

この本に関わって下さった皆様へ、心からの感謝を申し上げます。

父皇帝ピンチ!?
「……ヒック。
父さまなんか
嫌いです！
……グシュ」
「リリー！
そんな事
言わないで
おくれ」
撫羽　イラスト nyanya
ボクは光の国の
転生皇子さま！
～ボクを溺愛する
仲間たちと
精霊の加護で
トラブル解決
です～
4

4巻でも
すくすく成長中。
次は父さまと一緒に
隣国の問題解決へ――
2024年
9月頃発売決定!!!

転生したら最愛の家族に
もう一度出会えました
前世のチートで
I make delicious meal for
my beloved family
美味しいごはん
を
つくります
あやさくら
Illustration
CONACO
EARTH STAR
LUNA

小説投稿サイト
小説家になろう
第6回
アース・スターノベル大賞
Earth Star Novel Awards 6th 2024
©Suzunosuke
※小説家になろうは、株式会社ヒナプロジェクトの登録商標です。
※第6回アース・スターノベル大賞はアース・スターノベル、アース・スタールナと小説家になろうの合同企画です。
詳細はこちらから▶

ボクは光の国の転生皇子さま！③
～ボクを溺愛する仲間たちと精霊の加護でトラブル解決です～

発行 ―――― 2024年4月1日　初版第1刷発行

著者 ―――― 撫羽

イラストレーター ―――― nyanya

装丁デザイン ―――― AFTERGLOW

発行者 ―――― 幕内和博

編集 ―――― 島玲緒

発行所 ―――― 株式会社アース・スター エンターテイメント
〒141-0021　東京都品川区上大崎 3-1-1
目黒セントラルスクエア　7F
TEL：03-5561-7630
FAX：03-5561-7632

印刷・製本 ―――― 図書印刷株式会社

ISBN 978-4-8030-1930-8